ENTREMANOS

© 2025 Beatriz Fernández Raboso
Editorial: BoD · Books on Demand,
Calle de Manzanares, 4, 28005 Madrid, bod@bod.com.es
Impresión: Libri Plureos GmbH, Friedensallee 273,
22763 Hamburg (Alemania)
ISBN: 978-84-1373-087-5

ENTREMANOS

Beatriz Fernández Raboso

Dedicado a mi familia

por ser cómplices y partícipes

de todas mis locuras

1.JOSELINE

Entrar en aquella casa le generaba sentimientos encontrados. Por un lado sentía la tristeza de la soledad. Esa soledad que había dejado a dos ancianas, madre e hija, en una quietud insana, incapaces de adaptarse a nuevas situaciones por su falta de energía y sin nadie cerca que las pudiera ayudar. Por otro lado,una sensación de éxtasis recorría su cuerpo al ver la alegría que causaba su presencia cada semana, cada viernes.

Joseline abría la puerta saludando a Claudia con un gran abrazo, dándole las gracias por venir y mostrando una emoción desmesurada con cada visita.

Era su último paciente de la semana. Claudia caminaba más de cuarenta minutos a pleno sol para acudir a su cita. Estaba agotada por el incesante trabajo de la clínica en la que trabajaba,pero pese a lidiar con el dolor de sus pacientes y el suyo propio, Claudia acudía puntual a su cita de los viernes. Sabía que Joseline esperaba con ansias ese momento y aunque el objetivo de las sesiones era aliviar su dolor lumbar, aquellas citas se habían convertido en su momento de espacio personal y contacto con el mundo exterior.

Comenzaban las sesiones con un suave masaje para continuar con una tabla de ejercicios especialmente indicados para las personas mayores, que Claudia elegía,preparaba y pensaba con anterioridad,tratando de facilitar la integración de esos ejercicios en las rutinas diarias de Joseline. Así era más fácil. Con un lenguaje llano y pautas sencillas,imitaban movimientos que se asemejaban a cosas o a animales,siendo fácil para Joseline recordarlos más tarde.

Le gustaba mucho el movimiento del arquero. Colocaban los pies paralelos, separados a la anchura de las caderas,los brazos hacia delante en forma de flecha y tomando una suave inspiración, como si tensaran la cuerda de un arco,llevaban uno de los brazos hacia atrás acompañando el movimiento con la mirada. Despúes soltaban esa flecha imaginaria y repetían el ejercicios hacia el lado contrario. Era un gran ejercicio para generar rotaciones en la columna vertebral, y con ello soltar tensiones en las fascias del abdomen, pero ésto Joseline no lo iba a entender. Así que ,las dos juntas,jugaban al tiro al arco imaginario,en el salón de Joseline, junto a un gran ventanal desde el que se podían ver las nubes y el mar.

Terminaban los ejercicios riéndose,hablando de las tareas del día a día, o de la vida de artista de madre e hija. Era un momento de distensión,de rebajar la tensión diaria en la vida de las ancianas,y aunque no se correspondiera con un tratamiento de fisioterapia,era muy necesario aliviar la soledad para mejorar la salud de ambas.

-Muchas gracias Claudia,eres una buena persona de gran corazón,me alegra mucho trabajar contigo...-decía Joseline con una mezcla entre alemán y español.

-Espero tu vuelvas próxima semana,con amor...-alcanzaba a decir para agradecer la visita.

Claudia conoció a Joseline hace más de un año. Comenzó acudiendo a su domicilio para realizar tratamiento con Carmen, su madre, que aunque actualmente se encontraba muy mayor y en cama, había sido una gran bailarina de ballet de los años cincuenta. -Qué maravilla- pensaba Claudia,primera bailarina del Royal Ballet de Londres, en aquellos años en los que simplemente ser mujer era difícil. Sentía tremenda admiración por aquella anciana, que postrada en la cama por la vejez,llena de escaras y sin aliento, no perdía la sonrisa frente a la vida. Todos los días escuchaba música clásica,veía el noticiero y trataba de seguir siendo el puntal de su casa.

Joseline era pianista jubilada. De pequeña estatura ,pelo corto castaño y algo pasada de peso,siempre llevaba consigo unos auriculares de diadema azules,enchufados a su móvil con los que escuchaba música clásica todo el día. Hablaba despacio, con voz tartamuda, quizá por efectos secundarios de la medicación, unido a la dificultad del idioma Español,que había aprendido desde aque se mudaron a Belmonte, hace 15 años. Su juventud la pasó entre Londres y Alemania y tras comenzar la enfermedad de Carmen, decidieron instalarse en un lugar cálido,tranquilo y con mar, para disfrutar de largos paseos y puestas de sol.

Tenia problemas de salud física y mental, pero cuidaba con esmero y dedicación exclusiva de su madre,sin mas ayuda que los consejos telefónicos de su hermana,que continuaba viviendo en Londres.

Así que allí se encontraban, una anciana en cama y su cuidadora que a duras penas se movía con seguridad,sin visión y lidiando con su dolor. Joseline no salía de casa, no podía. Tenía ciertos problemas con el equilibrio y un miedo desmesurado de que a su madre le ocurriera algo en su ausencia, ya que Carmen necesitaba una máquina de oxigeno que nunca debía apagarse. La comida,la farmacia y otras necesidades se compraban por internet y se las subían a la misma puerta de su domicilio.

Aquellas cuatro pareces eran su mundo, y Claudia su único contacto social. Ella lo sabía, por eso no faltaba a su cita, por muy cansada que hubiera sido la semana. Cielo e infierno a la vez.

Claudia era una Fisioterapeuta experta en geriatría. Se había formado desde muy joven en este campo por vocación. Las personas mayores le aportaban cariño y estaba convencida que una vejez saludable y bonita era posible, aunque a veces lo dudaba cuando se encontraba con situaciones como las de Joseline y

Carmen. ¿ le esperaría eso a ella, la soledad? Creía firmemente en la necesidad de preparar el camino hacia la vejez, para adaptarse a ella y vivirla desde la alegría, pero quizás no todo el mundo tuviera esa oportunidad ni la capacidad de asumir el cambio como parte de la vida. Era valiente. Gracias a eso había tomado decisiones importantes en su vida que habían marcado su camino,adaptándose a ellas de la mejor manera posible.

Un amor fallido,un nuevo matrimonio, dos maravillosos hijos especiales y varios cambios de residencia eran escuela suficiente para aprender que hay que disfrutar del camino ,que todo es móvil y nada es permanente. Vestía a su manera,con colores llamativos y ropa cómoda. Una cinta en la cabeza a modo de diadema era parte de su identidad que combinaba con los colores de su ropa y resaltaba su pelo corto. Amaba la lectura y los trabajos manuales, quizá por eso eligió su profesión siendo capaz de trasmitir su energía para sanar.

Pero ese dinamismo estaba con poca batería,necesitaba terminar la sesión con Joseline, para buscar refugio en sí misma, en sus cosas, empezar el fin de semana y dar un largo paseo con sus perros, a los que adoraba.

2.RONA

El fin de semana pasaba rápido. Claudia invertía sus horas en hobbies mas bien solitarios. Disfrutaba las mañanas de los sábados con un buen libro y un café. Era su momento de relax. Entreabría los ventanales del salón para dejar paso al amanecer ,el cantar de los pájaros surcaba su casa y el suave olor de la primavera inundaba el ambiente para convertirlo en el lugar perfecto para encontrase consigo misma.

Las campanas del convento que había delante de su casa sonaban sin cesar. Vivía en un pueblo tranquilo,Cotes,a orillas del Mediterráneo. Era un lugar pequeño pero con todos los servicios necesarios. Conservaba el tinte lugareño, donde los vecinos aún se conocían y se daban los buenos días.

Las campanas volvieron a sonar, algo ocurría….!! Como sucede en muchas pequeñas aldeas, el distinto sonar de las las campanas indica a los vecinos que acontecimiento se está sucediendo hoy: boda, bautizo,precesión...quien sabe, lo que estaba claro es que el repique no dejarían de sonar durante un largo rato, así que se vistió y decidió ir a la plaza a ver que ocurría.

No cabía un alma el la plaza. Estaba abarrotada de familias,niños vestidos de corredores,papás esperando fotografiar a sus hijos por el paso de la meta,turistas animosos aplaudiendo a la multitud. Se estaba celebrando la carrera popular en favor de la virgen del pueblo,Santa Rita,y pese a no ser devota de la religión, Claudia decidió disfrutar de un buen desayuno en una de las terrazas de la plaza,y empaparse de esa energía que desprendía el ambiente. Un buen desayuno era fundamental.

.-Rita, Rita, lo que se da no se quita-se decía para sí misma al escuchar rugir sus intestinos al ver aquellos pasteles de crema recién hechos.

-Eh, Rona, ¿cuanto tiempo sin verte? ¿Que os trae por aquí?- dijo Claudia.

Era una pregunta hecha por cortesía. Por un momento Claudia pensó en evitarlos y pasar de largo, pero era inevitable pasar por delante de su mesa y no le quedó más remedio que saludar. Rona, Fran y su hija

Sofía estaban sentados en la misma cafetería, dos mesas por delante de Claudia. Eran una pareja especial. El era un tipo fornido,sin pelo y voz aguda, ella morena de pelo largo,guapa y algo interesada. Rondaban los treinta y tenían un preciosa niña, Sofía,de cuatro años,nacida de una fecundación in vitro por la esterilidad de él.

Rona y Claudia se habían conocido trabajando unos años atrás. Rona ,diez años más joven,estaba en un momento de la vida muy distinto al de Claudia, con una hija pequeña y mayores dificultades en su vida social, porque en los últimos años parecía que la crianza no era buena si los hijos no acudían a tres o cuatro extraescolares diarias, limitando el tiempo de ocio de los padres y anulando por completo actividades esenciales para los niños, como eran jugar en el parque o ensuciarse en los charcos. Trabajaban en el servicio de masajes de un hotel de lujo. Compartían profesión y con ello la pasión por la salud,la belleza y el cuerpo. Poco a poco fueron forjando una amistad muy bonita,sincera,pensaba Claudia, que atravesaba el difícil momento de un divorcio . Todos los jueves, después del trabajo, acudían a una academia de baile y distraían el tiempo entre salsa y bachata.

Meses más tarde Rona le confesó a Claudia que le estaba siendo infiel a Fran. Se veía a escondidas con un director de banco,al que iba a ver casi todos los días. Drek la tenía comiendo de su mano. Si él decía ven, ella iba. Claudia era su confidente. Le contaba con detalle cómo distraía a Fran ,para poder continuar con ese amor furtivo. No entendía muy bien que veía en ese director,porque Fran era un tipo detallista,amable y muy complaciente con ella. La quería y eso se notaba.

-Rona, ¿no crees que deberías tomarte algún tiempo para pensar en lo que quieres hacer? Fran no se merece esto,piénsalo- le aconsejó Claudia con el objetivo de que sus actos le remordieran su propia conciencia.

-Yo le quiero Claudia, pero hay algo en Drek que no puedo frenar,me atrae,le deseo, y es una sensación que nunca había sentido antes-le rebatía Rona tratando de justificar lo injustificable.

Fran le ofrecía una vida estable,una familia a la antigua usanza, un piso ya pagado y un amor real. Ese amor fugaz le ofrecía pasión y sexo,despertando en ella un fuego interno difícil de aplacar. Claudia veía la situación desde la madurez que ofrecen los años,desde la experiencia de haber criado sola dos hijos, hasta que Gus apareció en su vida.

A finales de ese verano Rona anunció su boda,con Fran. Sería la próxima primavera por todo lo alto, en un gran castillo como lugar de celebración y una despedida de soltera en Ibiza,con chicos guapos y desenfreno total. Parecía que Rona había tomado una decisión, pero a Claudia, siendo conocedora de esa historia,le resultaba difícil quedar con Fran,sentía lástima por él. La infidelidad era para Claudia una barrera que nunca se debía sobrepasar en una relación. Era falta de confianza y falta de amor, hacia el otro y hacía ti mismo.

Durante el invierno Rona se centró en los preparativos de forma obsesiva. Parecía ser más importante el envoltorio que el caramelo. Trajes perfectos a medida,flores minimalistas, invitaciones de última moda...sin caer en la cuenta que la amistad entre ambas se distanciaba.

El consumismo frívolo era otra de las cosas que Claudia odiaba. Ella era sencilla, tenía lo justo y le importaba muy poco lo que pensaran las personas que no la conocían.

Claudia no fue a la boda. Se excusó diciendo que su salud no se lo permitía, pero la verdad es que se había dado cuenta que era una amistad ficticia,insana y que no compartía sus valores morales.

-No hay problema en poner fin a las cosas, porque cuando se cierra una puerta,se abre una ventana- pensaba, para darle un porqué al final de aquella amistad.

Echaba de menos tener una amiga. No tenía muy claro por qué le costaba tanto tener un círculo social estable,aunque en el fondo no le importaba demasiado, porque había aprendido a estar a gusto consigo misma.

18

Ese amor exagerado por su profesión le había llevado a anteponer sus pacientes a sus amigos, aunque en el fondo eran las dos cosas lo mismo.

Rona, Fran y Claudia intercambiaron titulares rápidos sobre su vida y se despidieron sin más.

3.SRA UCASI

Era Lunes. A Claudia le gustaba el comienzo de semana. Tenía el cuerpo descansado y el ánimo contento para enfrentar lo que la semana le deparase. Era un buen momento para mejorar, para crear cosas nuevas, para ofrecer alegría a sus pacientes y ayudarlos con ese o aquel dolor.

Belmonte era una cuidad cercana a Cotes, donde se encontraba la clínica en la que trabajaba Claudia. Conducía tranquila los treinta kilómetros que los separaban, escuchando música y noticias locales.

Le gustaba salir con tiempo porque encontrar aparcamiento era una misión muy complicada por lo que Claudia estacionaba el coche en un aparcamiento alejado del centro de la ciudad y disfrutaba de un paseo tranquilo hasta su lugar de trabajo.

Por el camino paraba a diario en una pequeña pastelería. Hacían tartas caseras y el olor a café tostado recién hecho se olía a varios metros. Aunque era un establecimiento que sólo dispensaba alimentos para llevar,con dos pequeñas mesitas para turistas despistados,Claudia se paraba unos minutos a charlar con la tendera,una chica joven, argentina con muy buena onda.

-¿Como va Sindy? ¿cómo está tu hija hoy?- comentó Claudia.

-Hola, ¿como andass?, bien gracias,Cloe ya volvió al cole,cosa de un resfriado-dijo Sindy

-Me alegro,¿me pones el café de siempre?-

-Claro Claudia, cómo no, y de regalo un pedacito de tarta de zanahoria-

Cada día intercambiaban bonitas palabras y se preguntaban mutuamente por sus familias. El roce hace el cariño. Y sin saber qué las deparaba el destino se despidieron con la alegría de verse al día siguiente. Claudia creía que algunas personas comparten energía y su vibración personal hace que compartan algo más allá de lo material. Justo eso le ocurría con Sindy. Se contagiaba de su vitalidad, allanándole el camino para pasar los desafortunados comentarios que su jefe,

Tomás,le hacía a diario para minimizar su labor con fisioterapeuta. Aquellos reproches diarios calaban poco a

poco en Claudia, mermando su seguridad,sin que ella se diera cuenta. Con su café americano,en taza grande y casi frío,caminaba tranquila hasta llegar a la puerta. El jefe solía llegar más tarde, así que ella abría el portón y tras enfundarse en su uniforme azul, disponía todas las cosas a punto para recibir a los primeros pacientes. Pasadas unas horas y tras el té de media mañana, le toco el turno a la señora Ucasi.

-Pasa Ana, llegas tan puntal como siempre. Pasaremos a la cabina tres y me cuentas como ha evolucionado ese dolor,aunque estoy segura que ha mejorado, porque caminas mucho mejor que la semana pasada- apuntaba Claudia cogiendo información de aquello que os pacientes hacían pero no decían.

-Gracias ,si,es cierto,estos tratamientos son estupendos-añadió Ucasi.

Ana Ucasi era todo aquello que parecía ser una vejez perfecta. Era una mujer mayor, rondaba los setenta, con un porte sereno y la vez segura de sí misma. Caminaba despacio pero firme,sin vacilar. Aquel aspecto juvenil y a la vez elegante le conformaban una personalidad única.

Llevaba un pelo largo blanco con mechas moradas. Su corte despeinado le aportaba el toque juvenil que toda persona mayor desea conservar. Combinaba ese peculiar peinado con unos looks bien pensados y escogidos. Aquel lunes había combinado un pantalón azul marino de lino bombacho con una blusa sin mangas, suelta y de tela satén que le llegaba hasta bien pasada la cintura. Conformaban el conjunto un bolso azul eléctrico de ganchillo y unas sandalias de terciopelo con suela ergonómica.

Sabía combinar las alturas y ceñidos de las distintas prendas para disimular las zonas corporales menos agraciadas y envejecidas por el paso del tiempo, para resaltar aquellas que aún seguían manteniendo una belleza madura,como sus hombros y cuello.

Era una mujer educada,exigente y prudente a la vez. Se notaba que había sido empresaria,con cierto nivel cultural y nada chismosa. Mantenía una lucidez mental extraordinaria,sin necesitar ayuda de nadie en sus quehaceres diarios.

La señora Ucasi había regentado una peluquería en su tierra, Galicia y disponía de varios inmuebles que alquilaba y mantenía por diferentes lugares de España. Un trabajo que pese a no necesitarlo, llenaba su tiempo y su espíritu al pensar que dejaría una herencia nada desdeñable a su invisible heredero.

Tenía un solo hijo, aunque no hablaba casi nunca de él. Era una persona reservaba y no es labor de un fisioterapeuta preguntar por la vida privada de nadie. Única y exclusivamente si el paciente comienza la conversación y el terapeuta intuye que es preciso soltar esa tensión emocional a través de la palabra,se permite la existencia de una conversación más íntima,más cercana a la espiritualidad y a la vida de la persona,dejando en segundo plano el dolor físico.

-¿Como has pasado la semana Ana?- preguntó Claudia.

-He de decir que el dolor lumbar ha mejorado mucho,pero me gustaría que pudiéramos trabajar la zona cervical. He discutido con un de mis hijos y estoy muy tensa-dijo apesadumbrada

-Claro que sí,estás aquí para mejorar. Es bueno saber el origen de nuestro dolor. Comencemos la sesión. Relájate y si notas muy fuerte la presión de mis manos me lo dices sin problema- atendió a decir Claudia.

Era de las pocas personas que tenían claro la unión cuerpo-mente. Somos un todo,un ser indivisible de materia y conciencia. Sabía que ese sentimiento de tristeza,ira y confusión le habían contracturado las cervicales hasta tal punto de sentir náuseas. La sesión de fisioterapia le iría fenomenal pero si quería librarse por completo de ese malestar necesitaba arreglar las cosas con su hijo.

En ese momento a Claudia le invadió un pensamiento. Aquella mujer,y muchas otras ,ya que no era un caso aislado,no necesitaba trabajar en la vejez. Ya lo había hecho durante muchos años y por ello tenía una pensión de jubilación más que suficiente como para vivir cómodamente.

-¿ Qué les hacía continuar con una labor que ni siquiera era gratificada por los hijos?, es más..llegaban a discutir por ello. ¿ Era tan necesario aumentar la riqueza familiar? ¿Por qué le daba tanta importancia a lo material, cuando lo único que perdía era el tiempo, un día,,tras otro...sin estar cerca de los suyos...porque en la vejez el tiempo es una cuenta atrás.-pensaba mientras masajeaba y punturaba las cervicales de aquella mujer.

Eso es algo que Claudia nunca comprendía de las personas mayores. La dificultad de cerrar una etapa, la laboral, y adentrarse en un nuevo camino,que pese a ser el sendero hacia el final, debería ser uno de los más bonitos de la vida donde puedes dedicar tu tiempo a todo aquello que dejaste apartado por tus obligaciones.

Ese camino final que deberíamos llenar de ilusiones nuevas,actividades lúdicas,nuevas aficiones y nuevos amigos. Donde deberíamos pensar llenar nuestro tiempo de experiencias,porque eso es lo único que nos vamos a llevar. Pero para poder comenzar el camino hacia el fin de la vida,era necesario despojarse de reproches,de envidias y de miedos que nos mantienen anclados en un rutina que parece aportarnos una falsa seguridad. Lo único seguro es que vamos a morir.

Claudia se había confeccionado un pequeño pergamino donde apuntaba,con letras recortadas de revistas, todos aquellos deseos que tenía. Si pudiera cumplirlos antes de llegar a la vejez mucho mejor, pero sino tendría multitud de opciones para comenzar su camino. Viajar a Egipto y la Antártida,aprender cerámica y pintura,hacer macramé, recorrer todo el camino de Santiago, hacer conservas de mermeladas caseras...la lista aumentaba cada año y ensimismada en su pensamiento soltó una risa interior,pensando en que necesitaría otra vida y media para cumplir todos sus sueños.

-Ana. ¿Te gusta la mermelada?- dijo Claudia saliendo de su pensamiento.

-Claro,aunque no como mucho porque me gusta cuidar la dieta- contestó la señora Ucasi.

-Te traeré una el próximo día. Hemos terminado Ana. Espero que el masaje y la punción seca te hayan aliviado-

Claudia pensó que su lista era demasiada larga como para comenzar a cumplirla con su jubilación,y su tiempo tan finito como el de los demás. Era el momento de comenzar por las mermeladas y quizá con la pintura también. Cerca de su trabajo había una academia, iría a preguntar y pasaría por la frutería a por unas buenas fresas y panela para endulzar.

4.TERESA

Claudia disfrutaba con su trabajo,tanto como fisioterapeuta como consejera de salud,así le gustaba llamarlo a ella. Llegaban a su consulta cientos de pacientes perdidos en un laberinto de medicamentos y pruebas diagnósticas incapaces de buscar el camino correcto para encontrar su salud, y con ello su calidad de vida. La mayoría de ellos vivían con dolor crónico y con una angustia vital que descargaban en poco más de una sesión,relatando con minuciosos detalles el problema físico que les había llevado allí unido inexorablemente a la dificultad emocional que sostenían en ese momento.

Era muy común ver dolores de cuello y mareos en personas que relataban que atravesaban un divorcio, o lesiones de tendones y ligamentos en personas que descargaban su ansiedad laboral practicando algún deporte en demasía,sin control ni filtro,sin observar lo que cuerpo les habla,con el único fin de liberar adrenalina y mitigar el cortisol, que invadía su psique. En el equilibrio está la verdad,pero casi ningún paciente se encontraba en ese estado de calma y los fisios pasaban a ser consejeros de ese camino hacia la mejora física.

Claudia tenía un don especial para esa tarea. Su tono suave pero a la vez seguro de voz le daba a su discurso una coherencia que pesaba en el alma del paciente. Tenía la experiencia suficiente para escuchar y dejar que la persona desfogase verbalmente aquello que le atormentaba, para después,con un breve contacto con sus manos, o una mirada sosegada,calmar al paciente y establecer una pauta de tratamiento fácil de seguir. Lo que realmente buscaban en la clínica era una guía, un camino, que la medicina actual había dejado de ofrecer. Claudia poseía esa paz interior que había cultivado con la práctica diaria de yoga durante sus últimos diez años y la propia autoevaluación de su dolor, ya que convivía con una enfermedad auto-inmune desde la infancia. Si ella pudo aprender a convivir con el dolor sus pacientes también podían, solo había que mostrarles el camino, y desde la experiencia era más fácil enseñar.

Eran las nueve menos cuarto y Claudia revisaba la agenda antes de abrir la clínica. Le gustaba estructurar su tiempo y prepararse tanto física como emocionalmente para atender a los diferentes pacientes. Era jueves y le tocaba el tuno a Teresa.

No estaba preparada para una sesión tan intensa, tan cargada de emociones negativas, pero para evitar que inconscientemente Teresa le robara la energía vital, se propuso recurrir a la técnica del conteo para empezar a marcar un antes y un después en el tratamiento de aquella atormentada mujer.

-Buenos días Teresa, ¿como estas?

Era una pregunta de cortesía porque Claudia había decidido que era el momento de poner pautas concretas y no dejar que Teresa entrase en una conversación unilateral del inmenso dolor que padecía. Frases cortas, concisas, sin casi lugar a replica serían mas efectivas en una tercera sesión, en vista que las dos primeras habían sido un fracaso. Era el momento en el que Claudia entraba en modo consejera y fisio simultáneamente, tratando de hacer ver a Teresa que cualquier excusa era inútil y no le tendría compasión, era hora de entrar en acción y dejar las cosas claras.

Teresa era una mujer mayor cercana los setenta y cinco años. Su vestimenta hacía ver que no poseía un nivel socio económico alto, pero hacía lo que podía, usando calzado de buena calidad como le había recomendado su médico. Llevaba consigo un bastón plegable verde metalizado que le hacía más función de decoración que de sostén. No le hacía falta, tenía equilibrio suficiente y capacidad de movimiento, pero también se lo habían recomendado. Su pelo corto castaño se veía siempre algo sucio. Tenía una sudoración profusa, muy posiblemente producida por la cantidad de fármacos que tomaba junto con otros tantos suplementos alimenticios, recomendados por su boticaria.

Tanta recomendación que no sabía interpretar de forma correcta. Se sentía mayor,indefensa y sólo buscaba la píldora mágica que le aliviara ese dolor muscular que sentía por todo el cuerpo. Espalda,piernas y brazos con calambres constantes y un dolor en el costado que no le dejaba respirar.

-Dime Teresa, como has pasado éstos días?- añadió Claudia, ahora sí buscaba una respuesta.

-La verdad es que me alivian los masajes que me haces, pero desde ayer estoy peor que al principio. Es un dolor insoportable, no puedo más...¿ tú que me recomiendas? ¿ tiene alguna crema que me alivie este dolor?-

-Vale, pasa a la cabina a cambiarte y ahora hablaremos de ese dolor.- el tono de Claudia era algo más duro,más firme.

Teresa estaba inmersa en una vida que no le gustaba. Tras fallecer su marido con el que vivía en Jaén, se trasladó a Belmonte para vivir con uno de sus cuatro hijos. Pese a tener buena relación con todos ellos echaba de menos su casa, sus gallinas,cuidar de sus geranios y pasear por los grandes senderos que unían los olivares de la zona.

Pasaba las tardes con sus vecinas recorriendo aquellos parajes que ofrecían atardeceres rosados haciendo brillar el trigo como oro en llamas. Le gustaba el campo y todas las costumbres que lo rodeaban, como hacer su propio pan o hacer la matanza al final de la temporada estival.

La vida en Belmonte no era para ella, pero sabía que no podía volver. Julián, el hijo con el que vivía se había quedado sin trabajo y necesitaba de la pensión de Teresa para poder subsistir. Aunque había tenido trabajos temporales nunca llegaba la oportunidad de un contrato estable ya que la hostelería de la zona era completamente estacional. Belmonte era un lugar turístico y en invierno carecía de ofertas laborales.

Se encontraba en una difícil tesitura. Su hijo no tenía trabajo y la necesitaba económicamente, pero ella no quería estar allí. Deseaba volver a su casa, a su tierra, a sus campos...su hijo o ella, difícil decisión.

-Teresa, dime….ayer ocurrió algo para que el dolor comenzase de nuevo a ser tan fuerte?- preguntó Claudia.

-Creo que no, no me he caído,no he cogido peso...- respondió la abuela con sudor en la frente.

-No me refiero a eso Teresa...¿puedes contarme que hiciste ayer? Recuerdas donde fuiste?- añadió Claudia en un tono conciliador, debía buscar el origen del dolor.

-Ayer no hicimos nada interesante porque falleció un vecino mío,Jesus,y fuimos al velatorio. Sólo eso, pero salí con mucho dolor de la iglesia, quizá cogí frio-

La sesión continuaba. Claudia aplicaba las diferentes técnicas de masaje y estiramientos para aliviar aquella tensión, pero tras esa respuesta de Teresa decidió colocar un aparato de radiofrecuencia en la espalda de Teresa que le permitía sentarse delante de ella,mirarle a los ojos ,cogerle las manos y explicarle de forma simple pero concreta qué estaba ocurriendo en su cuerpo, y así poder encontrar la solución.

-Teresa, el miedo a la muerte es mucho más común de lo que crees. Es lícito tener miedo a morir. No sabemos cómo va a ser ese momento, y supongo que nadie quiere morir sólo. Cuando nos hacemos mayores vemos cada día más cerca ese momento. El miedo a morir en soledad te ha llevado a vivir una vida que no te gusta. Esa infelicidad altera las hormonas de tu cerebro y genera tu dolor. ¿ Lo entiendes? -

-Creo que sí, pero no sé qué debo hacer. ¿ Habrá una pastilla para esas hormonas?- preguntó Teresa. Ella seguía en busca de la píldora mágica.

-La solución al dolor pasa por que acudas a un buen psicólogo,trataré de recomendarte uno. Mientras te pones en sus manos quiero pedirte que me hagas una bufanda. Me dijiste que sabías hacer punto, ¿verdad?-

-¿Una bufanda? ¿ para qué?- preguntó sorprendida.

-Los médicos han descartado cualquier enfermedad importante. Debes aprender a centrar tu atención en otras actividades. Hacer punto precisa de un conteo para no perder las hileras de las hebras,eso requiere toda tu concentración y disminuirá el dolor. Además mejorará la fuerza de tus manos y tendrás menos calambres- dijo Claudia casi en modo imperativo.

Claudia solía recomendar esta técnica en casi todos los pacientes con dolor crónico. En función de los gustos del paciente les hacía contar diferentes cosas: pasos, si salían a caminar,citas bíblicas, si eran creyentes,o puntos si les gustaba tejer. Contar y no perder esa cuenta requiere de una atención plena, desechando el resto de pensamientos que puedan estar rondando nuestra mente y nos ejercita física y mentalmente.

Se despidió de Teresa tratando de animarla y cerró la puerta dando un largo suspiro. Los pacientes de dolor crónico eran complicados. Necesitaba salir y tomar el aire.¿ Tendría ella miedo a morir dentro de unos años? No quería pensar en ello.

El pasado ya no está, el futuro es impredecible,y el presente...es un regalo de la vida, por eso se llama presente. Se quitó en uniforme, cerró su taquilla y se despidió de sus compañeros. Se había terminado su jornada laboral y quería dar un paseo y llegar a casa para la cena familiar.

Claudia y Gustavo eran amantes de la vida familiar. Adoraban esa sensación de hogar,de tener un lugar al que llegar donde alguien te espera para preguntarte cómo te ha ido el día. Las dos familias, tanto la de Claudia como la de Gus habían sido numerosas, y el momento de reunirse a cenar no era sólo el acto de tomar alimentos, sino que respondía a un acto de unión, de paz, de relatos interesantes o graciosos de cada uno de ellos, de contar sueños o pedir consejo. Era mucho más que una cena.

En la mesa se reunían también Leo y Juan, los hijos de Claudia, que pese a pasar todo el día en la universidad no faltaban a la cita diaria que se había convertido en el ratito de diversión de todos ellos.

5.JAGGER

La semana había pasado volando. Era viernes y montones de planes rondaban la cabeza de Claudia, aunque el dolor de espalda que llevaba arrastrando desde hacía semanas le hacían posponer alguno de ellos. No obstante tenía muy claro que necesitaba cuidarse para cuidar a los demás y había pedido cita a un fisio amigo suyo para mitigar un poco esa lumbalgia.

Eran los primeros días de Junio y ya hacía calor. Los atardeceres eran largos y el ocaso del sol reflejaba un color dorado intenso sobre las montañas que limitaban el oeste de Cotes. Desde su salón, sentada con un taza de té frio,disfrutaba del atardecer y fantaseaba con la vida que siglos atrás habrían tenido los monjes Franciscanos que habitaron el convento que veía desde la ventana. En el Siglo XVI fue habitado por esa orden religiosa, manteniéndose en pie y en funcionamiento ,hasta la construcción de la nueva catedral tres siglos más tarde.

El convento disponía de un patio delantero circular,con cinco cipreses en donde el ayuntamiento había colocado bancos para el disfrute de los vecinos. Este antiguo patio de ceremonias religiosas convertido en parque público era un lugar que te trasportaba a la calma. Se oían los pájaros cantar y el olor de los cipreses y pinos que lo rodeaban invitaba a pasar un rato sentado en él, disfrutando del tiempo. A Claudia le gustaba sacar allí a sus perros, Jagger y Leia.

Jagger fue el hijo que Claudia y Gus nunca tuvieron. Ambos traían hijos de matrimonios anteriores y se conocieron en momentos vitales casi idénticos,con hijos pequeños que requerían de mucha dedicación .Debían criar con criterio a los hijos que ya tenían, con el mismo amor que si fueran suyos propios. No era momento de tener más descendencia, tal y como estaba de cara la vida, pero la idea de tener un perro les entusiasmó a todos.

Era un perro mestizo,podenco y labrador a la vez .Su pelaje dorado y su gran tamaño atraía las miradas de la gente. Aunque estaba algo pasado de peso seguía siendo ágil como una gacela y no desaprovechaba un momento para jugar. Ya tenía nueve años y aunque aún no mostraba signos de enfermedad, todos sabían que en pocos años abandonaría esa casa para ir al otro lado. Tenía unos ojos color miel,de gran profundidad capaces de pedirte perdón o mostrar alegría con su mirada. Sus orejas puntiagudas giraban ciento ochenta grados y le alertaban de cualquier ruido imperceptible para el humano, ladrando de un lado a otro si algo extraño ocurría a su alrededor. Era curioso,bonachón y zalamero. Se acercaba con sigilo a la mesa cuando cenaba la familia,quedándose a unos metros y poniendo cara de hambriento para ser invitado a pasar y compartir algún alimento que especialmente Claudia tiraba sin querer queriendo para que Jagger disfrutara también. Lo adoraba. Lo bañaba con cuidado y le hablaba como a un hijo más.

Había sido su fiel compañero en momentos complicados para ella. De vez en cuando imaginaba cómo sería la vida sin él, para ir interiorizando ese momento,pero justo en ese mismo instante le invadía el deseo de aprovechar su compañía cada minuto que le quedase a su lado, lo besándolo y abrazándolo para recordar el latido de su corazón para siempre.

Claudia sufría de una enfermedad sistémica desde la adolescencia. Su sistema de defensa se volvía loco y atacaba sus propios tejidos. Durante varios años soportó dolor articular, fatiga extrema y e inflamación de sus vasos sanguíneos, llegando un momento en el que trabajar era imposible. Fueron tres años duros, en busca de algún médico que pudiera ayudarla y durante este tiempo Gustavo sacó fuerzas de donde no las había para hacerse cargo del trabajo, de los niños, de las compras y reuniones escolares. Todo un esfuerzo que llevó a cabo sin el mínimo atisbo de renuncia. Claudia le debía mucho a Gus. Estuvo a su lado en los momentos más duros para ella y aunque ahora no pasaban por el mejor momento de pareja, estaba dispuesta a luchar por todo aquello que un día se prometieron. Amarse y respetarse, en las buenas y en las malas. Ya habían pasado cinco años de aquello y diez desde su boda con Gustavo.

Se había recuperado y había aprendido a escuchar su cuerpo. Trabajaba duro y el fin de semana trataba de descansar,con aficiones más relajados para recargar la energía que la semana le robaba. El yin y el yang. Pasados los cuarenta había encontrado el equilibrio a su lado.

A Claudia le hubiera gustado pasear más con Jagger, ofrecerle más tiempo de juego. Aquellos tres años que pasó en casa, sin trabajar, fue su mejor amigo, su confidente, su toma a tierra. Pero su gran tamaño y fuerza le hacían casi imposible poder sacarlo. Eran Leo y Gus quienes se encargaban de esa tarea. A cambio Claudia le cosía camas mullidas con retales de telas coloridas y se encargaba de comprarle la mejor comida posible. Entre todos cuidaban al "perri" como cariñosamente lo llamaban como si fuera uno más de la familia.

Leia llegó años más tarde para unirse a la familia. Era una perra de tamaño mediano, pelo despeinado,alocada,dicharachera y muy guerrera. La habían separado de su madre con solo cinco semanas y ese hecho le dio un carácter temeroso que mostraba ladrando a todo ser viviente que se cruzara en su camino. Una amiga de Claudia adoptó a su madre ya preñada y debía entregar a los cachorros antes que fueran llevados a la perrera. Claudia no pudo resistirse al ver a aquella bolita de pelo blanco y cabeza parda que no media más de un palmo. Jagger tendría una hermana con quien jugar y sería una perra pequeña con quien poder pasear. El poder de la familia seguía presente. Juan y Claudia se encargaban de los paseos de Leia.

Claudia pensaba que todo el mundo debería tener un perro. Te obligan a madrugar,te daban compañía y necesitaban de tus paseos sacándote de la rutina. Te ofrecían situaciones muy divertidas que animaban las conversaciones familiares, como aquella vez que Jagger se comió dos kilos de mantecados recién comprados o cuando cuando Leia se tropezó con el marco de una puerta y se le torció un ojo. Gracias a Dios después de una visita al veterinario todo volvió a su sitio. Te regalaban su amor y fidelidad incondicional. Que más se puede pedir.

6. ANTONIA DE PALOS

La temporada de verano era ideal para comprar fruta. Los melocotones grandes y jugosos estaban en primera fila. Paraguayas y ciruelas de todos los colores lucían su color en las cajas del medio y las frutas más grandes como melones o sandias las solían poner en la parte de atrás del puesto de Ximo, el frutero. El mercado de frutas y verduras que abría sus puertas los sábados por la mañana en Cotes, era un lugar perfecto para potenciar relaciones sociales y hábitos saludables.

-Que tal Claudia, me alegro de verte, ¿que te pongo hoy?- preguntó el frutero.

-Bon día Ximo ¿tienes ciruelas rojas bien dulces? ,quiero tres kilos para hacer mermelada y media sandía también- dijo Claudia.

-Perfecto,aquí tienes,ya me contarás cómo salió tu mermelada-decía guiñando un ojo tratando de adular a todas sus clientas.

Claudia frecuentaba el mercado local. Las frutas y verduras que se vendían provenían de comerciantes locales que cultivaban en sus tierras, ofreciendo un producto de calidad mucho más ecológico y saludable que los que ofrecían las grandes supermercados. Además ayudaba a circular la economía local y conocía a la gente del pueblo.

Al fin y al cabo era el lugar donde vivirían el resto de su vida, ya que ,con mucho esfuerzo, Claudia y Gus habían conseguido comprar un pequeño piso. Estaban muy contentos con su nueva casa. Por fin habían conseguido una estabilidad y querían formar parte de esa comunidad,aunque fueran hijos adoptivos.

Volvió a casa con su fruta fresca por el camino dey Rey; un pequeño sendero que cruzaba el pueblo de este a oeste, donde crecían zarzamoras silvestres y se olían el romero y la salvia que había en sus lindes. La frescura del paseo merecía la pena y siempre que podía caminaba por él.

Había pelado con delicadeza las ciruelas,estrujando su pulpa para favorecer la cocción. Con la misma cantidad de fruta que de panela ,Claudia removió con esmero la mezcla dulzona,que poco a poco cogía consistencia gelatinosa y hervía lentamente,sin dejar de remover,para emulsionar delicadamente los dos ingredientes. La mermelada quedó deliciosa. La colocó en pequeños tarros de cristal que después de ponerlos al baño maría, metería en su despensa para que aguantaran todo el invierno. Separó dos tarros, uno para la Ana y otro para Joseline.

Claudia siempre tenía a sus pacientes presentes. Con el paso de los meses se convertían en algo más. Y pese a saber que los pacientes van y vienen...le gustaba cuidarlos y animarlos durante el tiempo que precisaran sus sesiones. Cuando finalizaban sus tratamientos y aliviaban su dolor solían regalarle a ella algún detalle: bufandas, libros, pañuelos...que años después le traían a la mente la historia de aquella persona. Era una simbiosis, se necesitaban mutuamente, paciente-terapeuta, terapeuta-paciente.

En el salón de Claudia había un cuadro de flores firmado por Antonia de Palos. Fue un regalo de una de sus pacientes, a título póstumo. Un oleo con fondo verde turquesa sostenía una cesta de flores delicadas,en colores pastel,adornaban una de las paredes de su nueva casa. Ese cuadro ya tenía quince años pero aquella mujer caló hondo en la manera de pensar de Claudia, y el recuerdo de aquella pintora octogenaria le traía siempre bonitos recuerdos. A veces pensaba que ella recibía mucho más de lo que daba, y por eso se esforzaba en ser mejor cada día. Ese amor se trasmitía,se palpaba,ese amor, a veces curaba.

Antonia vivía en un residencia de lujo con todo tipo de servicios, peluquería,lavandería,podólogo,medico y hasta cartero. El centro residencial contaba con una piscina de verano y otra más pequeña climatizada. La comida se parecía más a un restaurante con cinco tenedores que un asilo de ancianos. Si, existían dos tipos de vejez, con dinero y sin dinero, pero la soledad calaba en ambas,sin piedad.

Aunque el centro contaba con servicio de fisioterapia Claudia acudía de forma externa a tratar de forma individual a la señora de Palos. Su hijo que vivía en Italia, había contratado el servicio. Cada martes y jueves Claudia trataba de mejorar la movilidad de las piernas de Antonia, que a duras penas caminaba cincuenta metros. Después de los ejercicios y masajes Antonia pedía a Claudia diez minutos para observar y explicar los cuadros que pintaba, actividad que llenaba el resto de su día.

-Son preciosos Antonia.¿ Esta catedral que estas pintando es algún lugar real?-preguntó Claudia.

-Si hija, es Sé do Porto, en Portugal- contestó Antonia.

Claudia había viajado al país vecino en varias ocasiones. Conocía esa catedral a la perfección, pero le gustaba que Antonia le contase sus viajes,sus historias como profesora de arte y sus amores por medio mundo.

Claudia y Gus habían hecho un viaje fugaz el año pasado a Oporto, les encantó el lugar. Se hospedaron en un pequeño hostal del centro de la ciudad. Les gustaba encontrar lugares con encanto,con decoración típica y cerca del centro, para visitar a pie las zonas más emblemáticas de los lugares que visitaban. En aquella ocasión Sempere regentaba ese bonita casa de huéspedes, abuhardillada con vigas de madera y chimenea de pellet. Fueron cuatro días maravillosos. Recorrieron a pie sus callejuelas empedradas con aroma a corcho y vino dulce. Los pequeños comercios de azulejos asomaban sus escaparates entre pequeñas tascas de comida casera que servían con un gran maridaje de vinos portugueses.

El río Duero ofrecía una calidad excepcional a la uva de la zona y por ello Oporto albergaba una gran cantidad de bodegas vinícolas que constituían el comercio mayoritario de la zona. Visitaron el Puente de San luis, la catedral Se do porto y la estación de San Bento. Fueron cuatro días bajo la lluvia incesante que no habían previsto. Pero buscando soluciones prácticas de bajo presupuesto compraron un paquete de bolsas de plástico que hicieron de aislante entre su piel y la ropa húmeda. Formaban buen equipo, se apoyaban, se reían y recordaban buenos momentos siempre que podían.

Claudia disfrutaba mucho con la compañía de la Sra de Palos. Había vivido en numerosos países y era capaz de contar sus vivencias de una manera tan plácida

y detallista que parecía visitar esos lugares de verdad escuchando a aquella mujer.

Era culta, educada y con una paciencia infinita. Se movía con lentitud. Los años, el sobrepeso y la falta de ejercicio le imposibilitaban cada vez más poder moverse por sí sola. Tenía el pelo blanco, corto y peinado hacía atrás con un cardado perfecto. Solía vestir camisas de seda estampada y falda recta. No era el mejor vestuario para hacer fisioterapia pero le gustaba no perder su esencia y sus costumbres aprendidas.

-La belleza importa, trasmite tu ser, tu energía, lo que tú eres y quieres ofrecer- le decía a Claudia para argumentar su vestimenta.

Los pendientes de oro regalo de su único y amado hijo eran el broche de glamour .Siempre los llevaba puestos para tenerle presente. Se llamaban a diario pero Antonia sólo recibía su visita en Navidad.

-Gracias Claudia,me alegra verte cada semana. Si quieres el próximo día ven con tiempo y podemos pintar algo juntas-se despidió Antonia.

Claudia era amante del arte. En un momento de su vida tuvo el pensamiento de dedicarse a las Bellas Artes, pero finalmente se decidió por la Fisioterapia. De pequeña pintaba y era bastante buena. En general los trabajos manuales le gustaban,le relajaban y tenía gusto para ello. Estaba encantada con la idea de aprender y compartir algo de pintura con Antonia. Se fue de la sesión muy contenta, contando los días que quedaban para la próxima cita. Aquel último encuentro no fue como lo había esperado. El siguiente martes Claudia acudió a la habitación de Antonia. Se encontraba en el pasillo izquierdo de la residencia.

Para acceder a él había que pasar primero por un amplia recepción decorada con grandes sillones de mimbre que hacían de salón para las visitas de los familiares, y adornada con plantas ficus naturales que daban aspecto de limpio y fresco al lugar. Atravesó el hall y entró en el pasillo de Antonia. Llegó a su puerta y llamó. Nadie contestaba. Tras varios minutos insistiendo y sin respuesta, avisó a la recepción y un técnico de mantenimiento forzó la puerta. Antonia estaba sentada en su butacón, frente a un cuadro. Fría,pálida,inerte. La muerte vino a buscarla.

Su hijo meses después envió ese cuadro de flores a Claudia para agradecerle el tiempo prestado,el tiempo vivido.

Era importante el presente. Aprovechar cualquier instante para ofrecer una sonrisa,un te quiero, un abrazo o unas palabras bonitas. El tiempo vuela y el futuro incierto. Claudia se marchó de la residencia con paz interior. Pudo estar con Antonia esos diez minutos que le pidió. Habían compartido confidencias juntas y quizá le había alegrado un poquito esa última tarde, con su compañía. Visitaría San Petersburgo, era el lugar preferido de Antonia.

7.WILLY

Ese viernes de Agosto era muy caluroso. Pese a tener unas ganas infinitas de salir del trabajo, notó una gran oleada de calor sofocante al traspasar al puerta, que le llevó a tener un único pensamiento:-ves directa a casa, no puedes luchar contra estas elevadas temperaturas.-

En los últimos años el clima en la cuenca del mediterráneo había cambiado. Ya no existían veranos cálidos donde las temperaturas suaves y la humedad del mar hacía de los pueblos costeros un lugar ideal para pasar las vacaciones.

El cambio climático estaba en marcha y las temperaturas que soportaban verano tras verano pasaban de los cuarenta grados, con noches tropicales en exceso e incendios desoladores que devoraban los montes y los recursos naturales de la zona sin piedad.

Claudia se resistía a que nada ni nadie le condicionase sus ganas de vivir, de aprovechar la vida y llenarlas de experiencias, el calor tampoco lo haría. Decidió pasar por el bar de Tony a por una botella de agua bien fría, y aprovecharía para ponerse algo de ropa más ligera que el uniforme de trabajo para poder adaptarse a esa calurosa tarde y de paso saludar a Willy, el loro mascota que daba nombre a ese lugar: Willy,S bar.

-Hoooooooola guapa!!!- repetía Willy cada vez que entraba un cliente por la puerta del bar -Hooooola guapa!!- parloteó de nuevo el loro.

Tony le había enseñado a su mascota esa frase para saludar a todo el mundo, y ese pájaro loco sólo se callaba cuando recibía respuesta.

-¿ Cómo estás Willy? Cada día tienes un plumaje más bonito, tendrá que decirme que champú usas-contestó Claudia, cómo si el bicho volador pudiera mantener una conversación coherente.

La idea del loro era buena. Su jaula estaba situada a mano derecha, en un pequeño rincón donde no llevarías la vista si no fuera por esa cantinela. Pero justo detrás de su jaula se entraba a un pequeño museo de antigüedades mezcladas con baratijas que Tony había recolectado durante sus viajes. Esos enseres a modo de tesoro,un par de velas y el loro Willy, le daba a aquel singular lugar el aspecto de un barco pirata.

El local era pequeño,oscuro, con una única y diminuta ventana al lado de la barra, que hacia funciones de extractor cuando Tony preparaba las tostadas y bocadillos de los hambrientos turistas y paseantes. Sus paredes estaban forradas en madera de caoba, ya desgastada por el tiempo,al estilo de una taberna inglesa. Cuatro pequeñas mesas , todas ocupadas y muy juntas unas de otras se disponían   a manos izquierda, iluminadas, cada una de ellas por una pequeña lámpara que colgaba del techo,ofreciendo una luz tenue a los visitantes.

El olor a pan tostado y embutidos que su madre le mandaba del norte se mezclaba con el de la cerveza artesana que allí se vendía , abriendo el hambre de todos los comensales que en ese momento se encontraran dentro del local.

-¡Dos tostadas más Tony!- gritó el de la mesa más cercana a la puerta.

-¡Que sean tres!..¡Mejor cuatro…!- fueron cantando el resto de la mesas.

En un abrir y cerrar de ojos se le había llenado el bar y no cabía ni un alma.-¡Muy buena técnica comercial, el olor a bocadillo recién hecho!- pensó Claudia cuando llegó a la barra.

-¿ Quieres algo Claudia?-preguntó Tony sin retirar la vista de la pequeña plancha que humeaba una tostada de sobrasada con queso brie y miel.

-En realidad voy con prisa, sólo quería un poco de agua y poder usar tu aseo para cambiarme- le gritó Claudia haciendo el gesto de querer decírselo al oído. El bar estaba lleno y el murmullo cada vez más alto, así que entenderse era cosa de locos.

-Coge lo que quieras, ya sabes dónde está...no puedo pararme a cobrarte, pasa mañana, tengo hambrientos a los guiris, ya sabes que los viernes es un día fuerte y tengo que aprovechar la temporada- vociferó Tony.

Aturdida por el griterío de la gente a Claudia le vino un pensamiento a la mente :¿ Como era posible soportar eso todos los días? ¿De verdad le gustaba regentar un bar? ¿O realmente se ganaba mucho dinero?- Ambas cosas podían ser ciertas. Se alegraba mucho de no haber seguido los consejos de su padre y estudiar lo que realmente le hacía feliz. Eso le llevó a disfrutar de su día y día y no penar constantemente por su trabajo,como le parecía ocurrir a Tony.

Se echó un buen trago de agua fresca a la boca, se mojó las manos para refrescare la nuca y las manos y se cambió de ropa lo más rápido que pudo.

A Claudia no le gustaban las aglomeraciones de gente. Cuando salió de ese tumulto pudo retomar ese pensamiento, y se dio cuenta que en realidad no sabía nada de Tony. Tomaba café los viernes después del trabajo, en ese bar porque le pillaba de camino al parking donde Claudia estacionaba.

Ese rico café que hacía Tony con leche de almendras bien espumosa era el pistoletazo de salida al fin a los días de descanso. Se permitía sentarse sola, a hablar consigo misma, a recapacitar sobre lo acontecido durante la semana, para poder más tarde aparcar esos sentimientos que surgían en las sesiones con sus pacientes, y comenzar los planes del fin de semana.

Estaba algo preocupada. A primera hora de la mañana Joseline canceló su cita por motivos médicos. Como era extranjera Claudia no sabía muy bien si era una excusa o había ocurrido algo de verdad. Era incorrecto chatear con un paciente y más si cabe cotillear sobre su vida, así que decidió dejarlo estar. La vería la semana próxima.

Cada viernes repetía la misma acción, pedía su café,se acercaba al lado de Willy y lo admiraba mientras disfrutaba y organizaba sus pensamientos,pero en fondo nunca se había sentado a charlar con Tony, parecía reservado, a veces cansado. Quizá no era necesario saber más. La intimidad con uno mismo es necesaria. Una sonrisa cuando le acercaba el café era suficiente para saber que aquel hombre tenía buen corazón.

-Quizá algún día me pare a preguntar si tiene hijos, o amigos,lo veo muy sólo...pero hoy no es el momento, se dijo para sí misma Claudia.

8.ESTRELLA

El calor apretaba, era un viernes a mediados de Agosto y la pequeña brisa que corría parecían llamas sobre su piel. Decidió apretar el paso. Quería llegar al centro de Arte antes del media día y concretar sus clases de dibujo. Estaba decidida a comenzar a cumplir sus sueños, que aunque fueran pequeños, le hacían feliz, la edad de jubilación quedaba muy lejos, y la vida es hoy y ahora.

El centro de arte se llamaba Acuarela.

-Que palabra tan bonita- pensó Claudia.

Conocía perfectamente el origen latino de ese vocablo y la técnica, originaria de Egipto y China y estrechamente relacionada con la invención del papel donde se aplicaban pinturas con base de agua. Antonia le había explicado minuciosamente a Claudia la aplicación de esa técnica pictórica, junto con el acrílico y el carboncillo, en esas mañanas que compartieron durante un tiempo.

Tuvo que girar dos veces a mano derecha, dos más a mano izquierda y pasar bajo un pequeño pasadizo que unía el casco antiguo de Belmonte con las extensiones aledañas ,que con el paso de tiempo le habían conferido a la ciudad esa gran dimensión. Llevaba puesto el GPS en el teléfono móvil, porque, aunque había pasado varias veces por delante, no era el camino más rápido para llegar al trabajo, y si se perdía cerrarían para la pausa del mediodía.

Dentro del callejón y bajo unos soportales se encontraba un mural precioso, que decoraba toda la fachada donde se podían ver diferentes dibujos, desde unas montañas rocosas en su parte superior hasta un busto de una mujer indígena, pasando por un trombón y otros instrumentos musicales que no reconocía. El mural era muy colorido y le daba al local un aire de buena vibra dónde podían confluir múltiples culturas e ideologías,que invitaba a entrar y a dejarte fluir con el arte.

Eran las dos menos cinco del medio día y un mujer de mediana edad, pelo oscuro y alborotado, abrió la puerta del local y con gran agilidad dio un pequeño salto para coger la persiana y comenzar a bajar el cierre. En ese momento le interrumpió Claudia.

-Buenos días, o tardes...Claudia estaba algo cansada y sofocada por el calor y tratando de ir al grano se le amontonaban las palabras.

-Ya sé que es un poco tarde pero me he dado toda la prisa que he podido- dijo a modo de disculpa por llegar justo a la hora del cierre.

-Si,es hora de descansar un rato, ¿te puedo ayudar en algo? contestó la mujer con una voz entre gutural y nasal difícil de definir.

-Seguro que tiene alguna discapacidad auditiva,o vocal- pensó de repente. Si las personas con discapacidad ya le parecían admirables, ser capaz de dirigir aquel lugar era increíble.

-Me llamo Claudia. Trabajo por aquí cerca y me gustaría tomar clases de pintura, no quiero robarle mucho tiempo. Si me dice cuando puedo volver...-

-Hola, yo soy Estrella...respondió la mujer a la vez que llevaba su mano a la cara de Claudia, acariciando su rostro y tratando de definir la silueta que tenía delante-

-Es un poco tarde, pero te daré una vuelta rápida por el local para veas cómo funcionamos aquí y podrás venir la semana que viene- indicó amablemente Estrella.

Justo ver, era lo que Estrella no podía. Sorda y con una deficiencia visual de nacimiento tuvo que soportar burlas y desprecios casi a diario. Sus padres ,con pocos recursos para facilitarle un implante coclear tuvieron que trabajar muy duro para que su hija pudiera escuchar, leer, escribir...y tuviera un futuro por delante. Tal fue el esfuerzo que Estrella pasaba muchas horas sola, en casa, esperando que sus padres volvieran de jornadas maratonianas de trabajo para abrazarla.

Durante los primeros años de su infancia Estrella compartía el día con una vecina anciana que hacía funciones de abuela y la instruía en todos aquellos majestuosos pintores del siglo XIX: Monet, Renoir, Van Gogh...iniciándose así en el mundo del arte. Aquella anciana era un museo andante, una enciclopedia de arte viva que cada día le despertaba nuevas inquietudes explicándole con palabras todo aquello que los artistas plasmaban en sus obras. La dificultad visual le había llevado a saber escuchar, a usar la palabra como un sentido más y a poseer un vocabulario tan rico que escucharla era un placer. Estrella había sabido trasformar una deficiencia en un don.

En su adolescencia, ya pintaba óleos y acuarelas magnificas , tuvo una galería de arte en ese mismo lugar, que finalmente transformó en una escuela con el fin de trasmitir su legado, y porque no rebajar un poco las horas de esfuerzo que le requerían sus compradores.

-Pasa Claudia, también será tu casa...Somos una escuela familiar, nos conocemos todos y no tenemos horarios prefijados. Cada uno acude cuando tiene tiempo y poco a poco iremos puliendo tus técnicas y por qué no pasando unos buenos ratos…, se abona una cuota fija al mes por los materiales y la enseñanza.¿Te parece bien?-

Claudia tenía el alma encogida. La bondad de aquella persona traspasaba y te llegaba en forma de energía positiva, era imposible decir que no.

-Perfecto Estrella, estoy encantada de conocerte, dijo Claudia cogiendo sus manos entre las suyas, con el fin de corresponder a ese ofrecimiento, y que Estrella pudiera sentir su gratitud. Vendría el próximo lunes, estaba impaciente.

Comenzaba el fin de semana y su cabeza echaba chispas,como si múltiples cables hicieran cortocircuito y entremezclaran los pensamientos que aparecían en bucle una y otra vez. Era incapaz de aparcar las preocupaciones y tensiones de la semana y centrar su atención en algo diferente. Estaba preocupada por Joseline, las críticas constantes de su jefe, que se habían vuelto muy frecuentes y Teresa como último paciente, le habían robado toda su energía.

Claudia decidió aplicar un pequeño consejo que se permitía dar a sus paciente cuando entraban en la espiral del dolor físico y dolor de emocional, donde el primero te lleva al segundo y viceversa, donde ambos se retroalimentan y los cambios en la segregación de neurotransmisores cerebrales estancaban al paciente en su dolor, como única forma de vida.

Sentada ya en su coche con intención de volver a casa sacó del bolso una pequeño cuaderno que siempre solía llevar. Pese el calor aplastante que caía como una losa y el aire tórrido que quemaba sus fosas nasales abrió la decorada libretilla en una hoja cualquiera y escribió en un lado del papel las preocupaciones que sentía y justo al lado la solución que le daría.

Teresa era una de ellas. Se encontraba atascada y estancada con ella. Aunque conseguía pequeñas mejoras en el dolor físico de Teresa, no era capaz de que la paciente comprendiese la conexión entre lo físico y lo emocional y por ello ni siquiera sopesaba la posibilidad de recibir ayuda psicológica. Llevaban cinco semanas de fisioterapia y Claudia se daba cuenta que seguir por el mismo camino no era correcto. Teresa buscaba una pastilla mágica que le devolviese un cuerpo sano y no estaba por la labor de dejarse ayudar. El secreto profesional, inherente en todas las profesiones sanitarias,no permitía a Claudia hablar de sus dificultades laborales así que pensó que la solución pasaría en hablar con sus hijos, con permiso de Teresa, y exponer el problema,para que pudiesen buscar soluciones. La pensión de Teresa era pequeña y estaba segura que dejaría de acudir a fisioterapia si precisaba terapia psicológica, pero era lo correcto. Dejó apuntado en sus notas: llamar a los hijos de Teresa/informe/ofrecer alternativa psicológica de la zona.

Sabía que esa decisión acarrearía una reprimenda de su jefe, ya que Teresa dejaría de venir a la clínica de forma habitual y por tanto de pagar. Tomás regentaba ese centro desde hace veinte años. Se había formado en diferentes disciplinas socio-sanitarias pero ejercía como fisioterapeuta. Era bueno tratando a los pacientes, conocía técnicas novedosas y aplicaba con rigurosidad aparatología de última generación, pero la empatía no era su fuerte. Como buen director de un negocio anteponía el beneficio económico a cualquier cosa y eso le quitaba humanidad y a veces objetividad a un proceso terapéutico.

Ese era otro de los problemas de Claudia. Escribió:

-Mi trabajo me resulta agotador...repitiendo mentalmente la misma frase a modo de pregunta: -¿ me resulta agotador mi trabajo?-

La respuesta era NO, pero se sentía muy baja de energía día tras día. Se tomó un momento para reformular la pregunta, porque si algo tenía claro es que amaba su profesión, adoraba a las personas mayores y estudió por vocación. Pero entonces,¿ que le ocurría?.

Trató de pensar en tiempos mejores para buscar las diferencias y tras una canción de Revolver que sonaba en la radio, calló en la cuenta.

La dinámica en la clínica era muy rápida, demasiados pacientes no le permitían profundizar en lo que le ocurría al ser humano que se ponía en sus manos y ofrecerles soluciones. La incorporación de diversos aparatos de fisioterapia en la clínica había mecanizado el tiempo del que disponía para cada uno,haciendo lo mismo paciente tras paciente, perdiendo la necesidad de empatizar con el otro. Claudia tenía claro que a veces un buen masaje junto con una buena conversación era suficiente para que un tratamiento fuera un éxito. Si, era eso, el tiempo, el maldito tiempo. Siempre corriendo...por eso no conectaba con sus pacientes,no tenía tiempo.

Y escribió: -comenzar a buscar un trabajo más afín a mis creencias-

Con la última palabra cerró el cuaderno dándose cuenta que durante el fin de semana no podría solucionar nada, mantener el pensamiento en la cabeza no mejoraría ni adelantaría ninguna de las soluciones propuestas. Lo más sensato pasaba por aparcar esos pensamientos y tratar de coger energía haciendo otras cosas. Quizá eso le llevara a afrontar los cambios con una visión más amplia.

Todo tenía solución, pero no inmediata, así que aprovecharía el tiempo.

9. SIERRA NEGRA

Era viernes. La música a todo volumen en el coche y el aire acondicionado, le habían mejorado el ánimo. Llegó a casa casi sin darse cuenta y allí estaban Jagger y Leia para recibirla cómo si no la hubieran visto en meses. La alegría de sus perros con su sonrisa pícara y el movimiento rápido de su cola le arreglaron por completo el viernes,Se merecían un buen paseo.

-Cuando caiga el sol saldremos de paseo, les dijo..como si ellos fueran a responder.

Eran más de las nueve y media aunque todavía no había anochecido. En agosto los días todavía eran largos,el calor diurno había descendido y era el mejor momento para sacar a pasear a su hijos perrunos. Claudia les colocó las correas que llevaban a juego y dando un suspiro hondo que aflojaría todas sus tensiones,se dirigió al parque de perros donde solía llevar a sus mascotas a correr una vez por semana, como premio a su compañía apacible durante el resto de la semana.

-Ehh!! chicos!!, voy a sacar un rato a los perros. El primero que llegue a casa que ponga la mesa. -escribió en al WhatsApp familiar. Solían cenar algo más temprano, pero ni Gus ni Leo ni Juan habían aparecido por casa todavía.

-Ok, escribió Gus

-Voyyyy, añadió Juan

-En quince, apuntó Leo

El lenguaje había cambiado en los últimos años. Los jóvenes utilizaban expresiones casi desconocidas para ella. Los monosílabos eran la forma más común de responder. No era del agrado de Claudia, pero había que adaptarse a las nuevas generaciones.

Menos mal que tras el paseo se sentarían todos a la mesa y conversarían sobre las actividades de sus días, sus idas y venidas, sus sentimientos y nuevos planes de futuro, con frases normales, bien conjugadas, con palabras bonitas y bien conformadas. Que importante era la forma en la que se decían las cosas.

La forma de comunicar podía marcar la diferencia en la que el receptor comprendía las palabras, dando valor y sentimiento a aquello que quieres decir.

¿Era lo mismo escribir TQ que susurrar al oído Te Quiero, sintiendo cerca de tu pecho el aliento de la persona que te lo dice?.Definitivamente no.

Cuando Claudia llegó de su paseo media hora más tarde ya estaban todos reunidos en la mesa, rodeando una gigantesca pizza alsaciana que emanaba un olor a masa fresca, recién horneada que abría el apetito de todos los comensales. El salmón marinado con especias era uno de los pescados favoritos de la familia y esperaban impacientes a que todos estuvieran en la mesa para comenzar a cenar. Era viernes, el protocolo se podía dejar para otro día,agarrando cada uno un gran pedazo de manjar que Paolo y Mila elaboraban en la tratoría que regentaban, a los pies de su casa.

-Hoy una paciente me ha recomendado una ruta media que parece estar muy bien,¿ os apetece que salgamos mañana? preguntó Claudia ,sabiendo que la respuesta sería afirmativa por parte de todos.

Se había esperado a reunirlos a todos para hacerlos partícipes de los planes divertidos que surgían de forma espontánea, porque esos siempre solían ser de los más divertidos, a veces accidentados, pero siempre eran de los que no podían olvidar y rememoraban cada vez que había una reunión familiar. Cómo sabía que todos estarían de acuerdo había comprado provisiones en un supermercado cercano.

-Bien, saldremos mañana temprano para que no nos alcancé el cenit del sol caminando. La ruta son 12 kilómetros que comienzan en la falda de la Sierra Negra y discurre de modo circular, con un desnivel de trescientos cincuenta metros,donde podremos ver Hospicio de San Jaume, informaba Claudia.

El senderismo era una actividad que compartían con gusto los hijos de Claudia, Gus y ella. Recorrían muy a menudo montañas y senderos de la comarca donde disfrutaban de los paisajes relajando la vista mirando al infinito, respiraban aire limpio alejados del centro del pueblo y compartían tiempo, a veces en silencio,cada uno consigo mismo y juntos al mismo tiempo, donde sentirse libre pero formando parte de un todo,hacían de la actividad un hobby familiar muy divertido,al igual que cultural.

La Sierra Negra era un conjunto montañoso de mediana altitud, que por estar cerca del mar, había sido lugar enclave para los moriscos que se encontraban asentados, antes de la reconquista llevada a cabo por el rey Jaime I en 1266. Por ello era fácil de encontrar a lo largo de la ruta, bien señalizada para turistas y paseantes,torres vigías, con edificaciones aledañas en piedra caliza,que servían de viviendas a los soldados destinados a la vigilancia de las costas.

-Madre mía!- exclamó Claudia.-Hace un calor de mil demonios, las gotas de sudor recorren todo mi cuerpo, paremos un momento a descansar y comer algo de fruta-suplicó.

-Mejor esperamos a llegar al Hospicio de San Jaume, son sólo dos kilómetros y seguro que allí hay una fuente con agua fresca- respondió Gus.

Claudia asintió y trató de centrar su atención en la respiración para no pensar en el calor aplastante, pero esa técnica hoy no funcionó. El aire parecía quemar sus fosas nasales, y tratar de visualizar el acto de respirar le generaba más inquietud. Sacó su cantimplora ,ya casi derretida, se mojó el cuello, las manos,repartió el peso de su mochila entre su marido y sus hijos, y dispuso a contar los pasos que le quedaban hasta su próxima parada. La técnica del conteo también la podía aplicar consigo misma.

-Trece mil quinientos, trece mil quinientos uno, trece mil quinientos dos-susurraba

-Hemos llegado- gritó Gus.

Los cuatro corrieron como gacelas buscando la fuente de agua que el ayuntamiento había instalados para excursionistas, como ellos, que aunque con media experiencia,siempre olvidaban algún objeto imprescindible que les pudiera ayudar en sus recorridos, como una gorra para el sol. Claudia había calculado mal el tiempo y el sol de mediodía se abalanzaba sobre ellos antes de tiempo,haciendo que el recorrido fuera mucho más duro de lo esperado.

Se sentaron a la sombra, comieron unos bocadillos y fruta fresca y repusieron fuerzas para la bajada. La vista desde el hospicio era increíble. El mar se abría paso al fondo del ocaso,dejando a ambos lados las laderas plagadas de saúcos negros que daban nombre a la sierra. La madera de este árbol de color rojizo o amarillo marrón se usaba para la fabricación de muebles, siendo ésta una de las actividades comerciales más importantes de la zona.

Una vez realizado el descenso les embargaba una sentimiento de fortaleza,de resiliencia, por haber conseguido un logro, que aun siendo a priori pequeño, les había presentado cierta dificultad, habiendo sido capaces de superarlo. El contacto con la naturaleza había estado presente siempre en la vida de Claudia.

Terminaron el fin de semana descansando, cocinando y leyendo. Las actividades cotidianas realizadas por elección podían ser un buen refugio para una semana dura. Un buen libro, un buen pastel y un buen sofá. Saber disfrutar de las pequeñas cosas era llenar una vida de grandes vivencias.

10.SINDY

El lunes por la mañana Claudia se sentía más descansada que nunca. Estaba expectante y nerviosa por sus nuevas clases de pintura, pero antes de eso necesitaba pasar la jornada laboral centrada y conectada a sus pacientes. Últimamente ésto resultaba difícil. Tomás ,descargaba sobre Claudia toda la responsabilidad de los tratamientos del consultorio, y Claudia, aun sabiendo que era demasiado trabajo para ella sola trataba de atender a todas las personas que lo necesitaban.

El resultado era un mal tratamiento por lo que los pacientes no mejoraban. Era un de los defectos de Claudia, decir que No le resultaba muy difícil porque acudían a la clínica personas con dolor, y su propia experiencia le decía que vivir con dolor era un infierno.

No era eso lo que quería para los demás, pero sabía que en algún momento tendría que parar. No era sano para ella ni correcto para los clientes. Volvía a aparecer la palabra tiempo en su mente. Hablaría con Tomás lo más pronto que pudiera.

-Buenos días Sindy, ¿podrás ponerme un café bien largo con una magdalena de manzana?¿ que tal tu fin de semana?-preguntaba Claudia tratando de no pensar en la interminable jornada laboral que le esperaba.

-Por supuesto linda...largo y casi frio,asintió la porteña.

-Eres la primera persona que me pide el café de esa forma tan extraña, frio y con canela,creo que te sentaría mejor algo más templado a primera hora de la mañana ¿ no crees?- dijo Sindy ,sabiendo que Claudia daría la callada por respuesta con sus ojos clavados en esas magdalenas de manzana que acababan de salir del horno ,esparciendo un olor a reineta ácida que se mezclaba con el dulzor del azúcar glas. Su masa esponjosa y suave se derretía en la boca.

Eran las preferidas por toda la clientela. Según salía la hornada acudían los paseantes como hormigas a la miel,vendiéndose por docenas día tras día.

-¿Cuando me darás la receta? preguntó con la boca llena,sin poder resistir la tentación de darle un mordisco.

-Es un secreto de mi abuela-comenzó a explicar Sindy con esa tonalidad tan musical que tenían los argentinos.

-Mi abuela, la mamá de mi mamá, tiene hoy en día noventa y cuatro años, y todas las semanas repite la misma receta para que haya dulce en la casa. Era repostera, bueno es repostera, y sólo yo fui la elegida para el traspaso de su sabiduría, está todo aquí en la mente, dijo señalando con un dedo su sien. Mi madre se decantó por la escuela, es maestra ...y aunque yo también estudié magisterio las pésimas condiciones y sueldos que no alcanzan para vivir, me hicieron emigrar hace cuatro años. Por suerte pude traer conmigo a preciosa princesa de seis años, fruto de un amor fugaz y sin ningún futuro- resumía Sindy. Llevaba un relicario colgado del cuello con la foto de su hija,su mayor tesoro, su mejor apoyo.

No era fácil emigrar a otro país, echar de menos tu tierra, tus costumbres, tu gente y salir adelante en el otro lado del mundo donde los trámites burocráticos parecían interminables, donde parecía fácil encontrar trabajo pero sin documentación legal era casi imposible y donde a veces no tenías a nadie que te prestara un hombro para poder llorar. Añorar y vender ese anhelo por el sueño de una vida mejor.

Gus, el marido de Claudia también era argentino. Ella conocía muy bien ese sentimiento de amor odio hacia su país adoptivo. Ese lugar que le había dado un futuro de oportunidades y libertades a catorce mil kilómetros , pero a la vez le había arrebatado la compañía de sus padres, hermanos y familiares que tan unidos estaban. Gracias a la vida Gus y su familia se veían cada dos o tres años. Con un gran esfuerzo económico hacían por viajar unos u otros para mantener viva la llama del amor familiar. Sindy también era muy afortunada, su pequeña Cloe llenaba de vida sus días y era el bastón en el que apoyarse en momentos de flaqueza.

-Creo que deberías convalidar tu título de profesora. Te va a hacer falta!- dijo Claudia con una gran sonrisa que escondía nuevos rumbos para Sindy, y aunque no lo sabía también para ella.

-¿ En que estás pensando ?,¿Que te traes entre manos?- alcanzó a preguntar mientras otro cliente con prisa pedía cuatro desayunos completos.

-Ya te lo contaré otro día, voy con prisa...te mandaré por WhatsApp cómo hacer el trámite y te será más fácil, Chao, hasta mañana-se despidió Claudia.

Salió corriendo calle abajo. Se le había pasado el tiempo volando charlando. La avenida Soltres ,donde desembocaba la panadería, era un hervidero de gente a primera hora de la mañana. Era lo que tenían las grandes urbes, muchos negocios y mucha gente. Tanta que Belmonte disponía de un parking disuasorio a las afueras, donde los trabajadores solían estacionar su vehículo, para más tarde caminar hasta su lugar de trabajo. Algunos preferían usar bicicletas o patinetes que de forma inadecuada utilizaban sobre la acera, esquivando transeúntes despistados.

11.CARA Y CRUZ

Aceleró el paso porque sabía que llegaba tarde. La señora Ucasi era su primera cita y no quería hacerla esperar. Hoy no tenía ganas de empezar la semana, tenía que enfrentar una conversación incomoda con Tomás y no sabia cómo hacerlo, cómo enfocarlo para que los daños colaterales fueran los menos posibles.

-Creo que debo meditar tranquila lo que realmente quiero trasmitirle, seguro que Gus me da buenos consejos- pensó Claudia.

-Está noche le pediré consejo y veré cómo enfocarlo. No quiero precipitarme y a veces mi ímpetu me puede- se dijo a sí misma.

Ese carácter decidido y a veces arriesgado le había llevado,en más de una ocasión, a tomar desafortunadas decisiones. Otras veces ese temperamento vigoroso había sido el motor de grandes tormentas,sobrepasando la tempestad sin naufragar,como cuando tuvo que emprender una nueva vida tras un divorcio difícil y dos niños pequeños que demandaban toda su atención,un sueldo pequeño y una enfermedad que mostraba sus garras en periodos de estrés. Las fuerzas salían del corazón,de lo más profundo del alma por aquello que era parte de su ser,sus hijos.

Trató de aparcar ese pensamiento para trabajar lo más sosegada posible y disfrutar de su nuevo hobby junto a Estrella.

-Qué tal Ana como te encuentras hoy? preguntó una vez que las dos estaban solas en la cabina de tratamiento.

-He discutido con mi hijo, ya no quiere hablarme-soltó Ana a boca jarro.

Era normal que los pacientes escupieran sus problemas emocionales, una vez que cogían confianza con su terapeuta. Claudia esperaba una respuesta más liviana, algo referente a su situación física como un "algo mejor,el calor me alivia",pero no fue así,se tenía que enfrentar a primera hora con un dolor emocional para el que no venía preparada. En los últimos años había encontrado sentido a la asignatura de psicología que los fisioterapeutas cursaban en la universidad, y que tanto le costó aprobar. En aquel momento no le veía el sentido, en la actualidad, vente años después, habría dado lo que fuera por tener algún recurso disponible para darle a la señora Ucasi.

Claudia tenia claro que a veces menos, era más. No era su labor desenrollar la disputa familiar ni decirle a Ana qué ni cómo actuar. En su mano estaba tratar de que entendiera que ese estrés estaba directamente relacionado con su dolor físico y que quizá con una buena distensión de fascias y suave masaje con aceite de bergamota rebajaría el nivel de cortisol en su cuerpo, relajaría por tanto sus músculos, y al terminar estaría más receptiva y con mejor disposición a la búsqueda de una solución familiar.

-Mi hijo no me da tregua,vive en el extranjero y no se fía de nadie, así que quiere que siga siendo su testaferro y administre sus propiedades, claro también son mías, pero es mucho trabajo-.seguía verbalizando Ana sin respuesta alguna por parte de Claudia.

En muchas ocasiones dejaba que los pacientes desfogasen sus preocupaciones con el fin de aliviar su pensamiento y una vez esperaban una respuesta Claudia trataba de dirigir su atención hacia otro lado.

-Me gustaría que hoy te centrases en las sensaciones del masaje. Cuando terminemos te preguntaré, a ver si lo aciertas,qué tipo de aceite he usado y qué movimientos hago con las manos, es como un juego y al final si quieres hablamos de nuevo de tu hijo- añadió en tono suave pero conciso.

Esto introducía a Ana en una dinámica consensuada de concentración, por lo que dejaría de revaluar situaciones ficticias que le llevaban a estar en bucle, pudiendo relajarse para mejorar el dolor. Además le daba a Claudia el tiempo suficiente para pensar y meditar las palabras que le diría para ayudarla en lo posible.

-Muy bien Ana, se nota que tú también has trabajado con las manos. Efectivamente he realizado veinte maniobras circulares ,treinta fricciones y digito-puntura en el cráneo. Te voy a nombrar mi ayudante- dijo Claudia para distender el ambiente.

-El aceite que hemos usado es Lima y Romero. Para poder cuidar a los demás es necesario que empieces por ti. Por eso cuando hay un accidente aéreo tú debes ponerte la máscara de oxigeno antes que a tu hijo ¿no es cierto?, preguntó Claudia para buscar una retroalimentación por parte de Ana.

-Si, es cierto- asintió ella sentada en la silla cómo cuando un adolescente recibe una reprimenda, ávido de amor por su madre.

-Es importante que pienses qué te hace feliz a ti y se lo puedas trasmitir amistosamente a tu hijo, sin más. Quizá un psicólogo pueda ayudarte a canalizar cómo te sientes cuando hablas con tu hijo y conseguir un diálogo más fluido-haciendo un silencio en busca de respuesta.

-Gracias Claudia, lo voy a pensar. Vendré el lunes próximo a la misma hora. Muchas gracias-

Estaba satisfecha. Hoy había conseguido sacarle una sonrisa a alguien.

La jornada pasó más rápida de lo que pensaba. El resto de las sesiones fueron rápidas, aburridas y carentes de sentido porque Tomás andaba tras ella, en busca de su fallo para reprenderla sin aportar soluciones tácitas. Su forma de hacer las cosas era la única y más eficaz y no permitía que nadie le diera otra opinión; así era su jefe, y ya no podía más. A sus cuarenta y tantos sabía que esa actitud era infantil y escondía una inseguridad cuyo origen desconocía y no pretendía averiguar. Esta noche hablaría con Gus y buscarían la solución y forma de terminar con esa relación laboral. Rauda y veloz se quitó el uniforme y se despidió. Iba radiante al centro de arte Acuarela. Una cosa más para tachar de su lista.

Estrella observaba a Claudia mientras trabaja en su caballete. Se había dado cuenta en pocas semanas que poseía un don especial. Aportaba luz a los paisajes con un sombreado que muchos artistas desearían saber, usaba los colores pastel creando bellísimos atardeceres de forma innata y creaba obras abstractas capaces de trasmitir una sentimiento determinado, a voluntad y con criterio. Acudía dos o tres veces por semana y tras saludar al resto de compañeros pedía consejo a Estrella sobre la obra en la que estuviera trabajando.

-Estrella, hola, ¿cómo estas?- y le dio un gran abrazo para que pudiera sentirla.

-Creo que algo menos nerviosa que tú. Tienes el corazón a mil por hora, pareces feliz pero inquiera a la vez..anda, ¿qué te ocurre?- preguntó amablemente Estrella.

Claudia era bastante recelosa respecto a su privacidad y le costaba expresar sus sentimientos, pero Estrella era de aquellas personas que siempre sabían que decir.

-Tienes razón, tengo el corazón partido y no sé como salir de ésta situación. Estoy incómoda en el trabajo, no consigo concentrarme ni conectar con mis pacientes. Deseo cambiar de trabajo, buscar otra clínica donde ofrecer mis servicios pero al mismo tiempo me da miedo, en ocasiones creo no ser lo bastante buena como para merecerme algo mejor- Claudia era un avión en caída libre.

Cuando terminó de verbalizar sus sentimientos miró fijamente a Estrella y cayó en la cuenta que había pasado de terapeuta a paciente, ahora era ella quien necesitaba ayuda. Estrella le dio un abrazo pausado y contenido, con sus manos acercó el pecho de ese pájaro roto hacia su hombro, dejando que respirara tranquila mientras ambas compartían aliento.

Cuando Claudia pudo recobrar la compostura se encontraba mejor y comenzó a ver algo de luz al final del camino. Algunas ideas le sobrevolaban la mente y aunque algo arriesgado tenía ganas de explorar nuevos caminos.

12.DÍAS DE TORMENTA

El final del verano se acercaba. Las tardes eran algo más cortas y una suave brisa hacía más agradable las tardes estivales. Claudia ya había superado ese momento de confusión que la mantenían en un estado de intranquilidad constante y había comenzado a buscar nuevos proyectos .Su idea era explorar todas aquellas actividades que le gustaran y en las que podría desarrollar una fortaleza, para hacer de su pasión una profesión.

Fueron semanas de búsqueda, de probar y deshacer , de ensayar y fallar,pero al final era una búsqueda divertida. Cada noche hablaba sobre una nueva actividad recibiendo los comentarios a favor y en contra que Leo, Juan y Gus objetaban. Trató de visualizarse como profesora de infantil, -eres buena cuidando niños, mamá- dijo Leo. Planeó la estrategia para montar una fábrica de croquetas a domicilio, e incluso pensó que ser una gestora de tiempo, haciendo recados a extranjeros con dinero, podría ser una opción, ya que hablaba tres idiomas.

La realidad es que revoloteaba sobre varias ideas pero ninguna de ellas le podría dar un soporte económico suficiente durante el primer año por lo que tendría que combinar un trabajo a media jornada y su nueva actividad.

Una vez que llegaba a alguna conclusión que consideraba correcta, trataba de cambiar de actividad, pensar en otra cosa, para más tarde reconsiderar si seguía opinando lo mismo al respecto, y cerciorarse que estaba convencida de ello. Esta estrategia la tomó desde el día, que por una de esas decisiones apresuradas se rompió tres huesos de la mano derecha,llegando a pensar meses después que podía haber sido el final de su carrera, y tanto tiempo aburrida la llevó a comprar una máquina sumarísima para embuchar chorizos veganos,negocio que nunca prosperó y de la que años después se reía a carcajadas por ser la peor inversión de su vida. Los años parecían doblegar también su temperamento.

En ese momento agarró el baúl de telas que guardaba para confeccionar disfraces a sus hijos y se le ocurrió la forma de usar aquellos retales para confeccionar un cuadro en relieve, que simulase las texturas de un jardín, para agradecerle a Estrella su compañía, sus ratos juntas, su amistad sincera. Qué mejor forma que usar el sentido del tacto para sentir el arte, además de observarlo. Tenía toda la tarde del domingo por delante y sin expectativas quería dejarse llevar.

Primero separó las telas por colores y en varios cubos de diferente tamaño introdujo retazos que cortó de formas distintas. Una vez ablandadas las telas las escurría, y confeccionaba atillos que luego introducía en una mezcla agua salada con harina para endurecerlos.

El resultado eran unas hebras gordas, de diferentes texturas y variados colores con las que luego simulaba formas florales adheridas a un lienzo con cola de carpintero. Una vez seca la obra aplicaba barniz incoloro para darle brillo y dureza al cuadro.

Era una mezcla de técnicas, algunas inventadas y otras aprendidas, que le daban a aquel cuadro un toque de genialidad. Claudia estaba contenta, seguro que a Estrella le gustaría. Estaba relajada orgullosa de sí misma. Esa seguridad de la que siempre presumía y que había perdido en los últimos meses parecía ir recobrando vida.

-Fantástico mamá,no sé lo que es..¿un cuadro? Es muy bonito. Algún día podrías enseñarme como se hacen- dijo Juan que cruzaba por el salón directo a la cocina para beber un vaso de leche.

Leo y Juan eran chicos tranquilos, buenos estudiantes y de pocos amigos. Les gustaba la compañía familiar y esa mente prodigiosa que habían heredado les daba una personalidad diferente.

No seguían modas, no compartían gustos de música ni de conversación con sus compañeros de clase y contra todo pronóstico eran amigos de Claudia y Gus.

Una vez terminado su nuevo cuadro decidió dejarlo secar, apartarlo de su mente y de su salón por unas horas para dar paso a otra cena familiar. Seguro que Gus y sus hijos le darían algún consejo respecto a sus nuevos planes.

Inmersa todavía en sus pensamientos , miro a su alrededor y vio cuantos trastos había desordenado. Múltiples telas tiradas por el suelo, botes de pegamento y cubos de por todos lados el suelo,el salón parecía una batalla campal . Ojalá tuviera un espacio personal, un pequeño local o almacén donde realizar ésta actividad y dar rienda suelta a su imaginación, pensaba sin darse cuenta que ya había empezado a crear su sueño.

La semana comenzó con mal tiempo. No era muy asiduo que lloviera en Cotes y mucho menos en Belmonte, pero el final estival solía traer tormentas cortas que descargaban con furia agua a raudales e indicaban que el otoño venía para quedarse. Los árboles comenzaban a perder sus hojas que hacían remolinos en las esquinas de las calles donde el viento confluía en distintas direcciones.

En vista del clima adverso Claudia decidió coger una chaqueta y esperar a mañana para presentar su obra en Acuarela. Con este tiempo se mojaría el cuadro y los lunes eran días de mucho trabajo en la clínica, no tendría tiempo suficiente y debía priorizar. Hoy dedicaría su atención a los pacientes y le propondría a Tomás una reunión, con la temida frase "tenemos que hablar". Quería seguir haciendo bien su trabajo y estaba dispuesta a tomar decisiones.

13.EL SR. LOZANO

-Gracias Sindy, eres un encanto, mis días serían más tristes sin ti- respondió Claudia al ver que le había preparado el desayuno en una bolsa teakaway porque eran las ocho y media y todavía no había pasado por la panadería.

Sindy era muy detallista, aunque parecía siempre estar en las nubes era capaz de recordar lo que adquiría cada cliente aunque comprara en la panadería sólo una vez al año.

-Te recojo a las seis y te invito a un te, me han recomendado una terraza jardín de nueva apertura en la parte nueva de Belmonte, ¿te apetece?- propuso Claudia. Tenía ganas de contarle sus nuevas ideas, sus nuevos sueños, que aunque todavía sin fecha fija, se había propuesto como meta para el año próximo.

Después de la pequeña pausa que hacían para tomar un almuerzo Claudia se percató que la recepción se había llenada de gente y el murmullo de sus voces podía molestar a otros pacientes que estaban en el gimnasio terminando sus ejercicios. Decidió ir a preguntar ya que sólo tenía agendado a un nuevo paciente.

-Buenos días ¿puedo ayudarles en algo?- preguntó Claudia con cortesía y determinación.

-Buenos días. Yo soy Mónika y soy la hija de Lozano-señalando a un señor mayor de pelo cano y porte elegante que estaba a su lado.

- Ellos son Félix y Álvaro- alcanzó a decir Lozano con voz temblorosa y débil, dándole pistas inequívocas de su patología.

-Encantada de conocerle,pasen al despacho y veamos en qué puedo ayudarles-respondió abriendo la puerta e invitándoles a pasar.

No era normal que un paciente fuera acompañado por varias personas a la vez. Pero en ese caso a Claudia le daba información subjetiva verlos interactuar entre ellos. En los diez minutos que duró la entrevista pudo darse cuenta que Mónika era la portavoz de los tres hermanos y se ocupaba de las gestiones de su padre;Félix y Álvaro querían ser partícipes también del tratamiento domiciliario de su padre y ser informados de sus mejoras y necesidades. El teléfono sería la vía más adecuada para ellos porque vivían y trabajaban fuera de Belmonte, donde un día Lozano tuvo su fábrica de zapatos, que hoy ellos regentaban.

Una cosa estaba clara, los tres hijos cuidaban y se interesaban por su padre de forma activa tratando de ayudar en todo lo que estuviera en su mano. Era una estampa preciosa, una familia, a la vieja usanza, donde el dialogo estaba por encima de todo.

-Cómo ya les he comentado comenzaremos el tratamiento de forma diaria. A las once, si les viene bien. La recuperación pos-ictus son tratamientos largos donde se precisa que los familiares colaboren en las tareas propuestas...aunque ya veo que son ustedes una piña y estoy segura que Lozano se va sentir muy a gustó aquí.

En estos casos yo suelo comenzar con metodología de Perfetti, donde la sensación y percepción crean el movimiento-explicaba Claudia. Ella sabía que estas últimas anotaciones sobre la metodología que empleaba estaba fuera de la comprensión de Mónika, Félix y Álvaro, pero la experiencia le había hecho aprender que la seguridad con la que un terapeuta se comunica es la base donde apoyar el resto del tratamiento. Los hijos notaban que conocía técnicas de rehabilitación neurocognitiva y se ganó su confianza, haciendo que la familia colaborara con los ejercicios preparados para hacer en casa y se empapara de la alegría que tanto Claudia como Lozano sentían con cada pequeña mejora.

El señor Lozano, así lo llamaba Claudia,vestía siempre con pantalones chinos,camisa a cuadros y jersey a juego. Aunque por el momento necesitaba ayuda para colocarse los complementos no dudaba en pedir ayuda y abrocharse su reloj inteligente y el cinturón de piel del mismo color de los zapatos Prott, con horma y suela ergonómica, fabricados con cuero de verdad. Hablaban de calzado cuando Claudia quería trabajar la voz, ya que sus cuerdas vocales habían perdido fuerza y esa conversación le hacía energizar sus palabras mejorando su posición cervical para comunicarse con autoridad, cómo a él le gustaba. Tenía ochenta y tres años y el paso del tiempo había aplacado su temperamento, pero de vez en cuando dejaba asomar ese espíritu de terrateniente que seguro que tuvo en épocas pasadas.

Una vez finalizada la primera cita, donde establecieron las pautas del tratamiento, la familia al completo abandonó la clínica para volver al día siguiente con todo el ánimo que Claudia había infundido en ellos.

Todo estaba en silencio. Le sudaban las manos y no había preparado a conciencia lo que quería decirle a Tomás, pero sabía que era el momento. No lo quería aplazarlo más por su salud mental.

14.TOMAS

-¿Podemos hablar un momento?- preguntó directamente entrando al despacho sin esperar respuesta.

Tomás fingió normalidad y respondió:- claro, dime!

Él sabía qué Claudia no estaba bien. Las últimas semanas su actitud era diferente. Sólo ponía interés en contadas ocasiones y desobedecía ordenes que Tomás le daba. Antes de que Claudia pudiera abrir la boca comenzó un pequeño discurso que simulaba una disculpa por tratarla de forma condescendiente desmereciendo su trabajo, pero que finalmente remataba con una nueva agresión verbal. Estaba claro que el orgullo podía con él y no estaba dispuesto a dialogar y encontrar puntos en común.

-No merecía la pena gastar energía en explicarle lo que ella necesitaba- pensó Claudia. -Mi ciclo termina aquí.-

Su corazón palpitaba a una velocidad desmesurada. Sentada en una de las sillas del despacho sentía cómo el cuerpo se le encorvaba simulando ser un pájaro herido con su depredador delante, esperando a ser devorada.

-No pienso dejarme amedrentar, no quiero dejarme embaucar por sus propuestas de mejora que nunca llegarán, no tengo miedo al cambio- recitó mentalmente a modo de mantra para calmar sus nervios y recobrar su seguridad. Respiró profundo y comenzó a hablar:

-Llevo cuatro años trabajando en tu clínica. Aunque estoy a gusto, fingió lo mejor que pudo, creo que ha llegado el momento de buscar trabajo más cerca de mi casa. La distancia entre Cotes y Belmonte no es mucha pero el horario partido me roba tiempo de ocio que me gustaría aprovechar para hacer otras cosas diferentes del entorno de la fisioterapia.

Sé que está muy complicado encontrar personal comprometido y dispuesto a dar lo mejor de si mismo, pero estoy segura que hallaras la forma de hacerlo. Aquí te presento mi carta de renuncia, sacando un folio doblado en cuatro que llevaba en el bolsillo desde hacía días,tratando de encontrar el momento adecuado. Si te parece correcto me marcharé a finales del del mes próximo para que tengas tiempo de buscar un sustituto.-dijo mirándole a los ojos.

Claudia trató de buscar una excusa irrefutable. Quería ser correcta en sus palabras y no gastar tiempo en explicarle a Tomás las verdaderas razones de su marcha,no las iba a entender, no iba a cambiar y ella no estaba dispuesta a pasar por encima de sus principios.

La distancia entre los dos municipios siempre sería la misma. Se guardaría para sí misma que las razones reales fueron la descortesía, la falta de comunicación y exceso de órdenes sin razón alguna con el único fin de sentirse superior a ella y demostrarle que dependía de él. El exceso de carga laboral, con horas extras obligadas, mientras él jugaba a un videojuego en el despacho o la obligación de afrontar la reprimenda de un paciente descontento con un tratamiento que había abordado él, le dieron la certeza que ese no era su lugar en el mundo.

Tenía mucha fachada, y luego no era capaz de afrontar los errores que cometía mandando a Claudia al frente. No quería rodearse de gente así.

-Bueno, si eso es lo quieres...¿crees que con un horario laboral sólo por las mañanas querías seguir trabajando aquí?, estoy seguro que puedo pagarte más-insistía Tomás

-Aunque quizás tendrás más responsabilidades-rematando la amenaza para dejarle claro que nada en este mundo era gratis.

-¿ Más responsabilidad aún? Si yo dirijo y hago todos los tratamientos!!!gritaba por dentro Claudia, mostrando una sonrisa indiferente que escondía una decisión tomada y meditada con antelación. Se levantó tranquila y cerró la conversación confiada y liberada también.

-Muchas gracias Tomás. La respuesta es No. Hoy saldré a comer fuera. Volveré luego a las tres-y cerró la puerta.

Necesitaba tomar el aire. La incertidumbre de saber si encontraría trabajo o no le mantenía los nervios a flor de piel y necesitaba sosegarse repitiendo aquellas frases que ella misma se había creado y cuando resonaban una y otra vez en su cabeza la traían de nuevo a la calma.

-Soy valiente,soy humana,soy poderosa...repetía incesante en su mente hasta que la sonrisa volvía a su cara.-He hecho lo correcto-sentenció.

Con las cosas más claras, la mente despejada y los nervios más tranquilos, después de la reunión con Tomás, se dio cuenta que había caminado a paso ligero casi sin rumbo y se encontraba en la otra punta de Belmonte.

Media hora de caminata le había sentado bien. Miró a su alrededor y pudo orientarse al divisar las torres Killer, edificios muy famosos por la cruz de hierro que tenían en su azotea y los cincuenta y dos pisos de altura que culminaban en un mirador con unas vistas de infarto al que se accedía por un precioso ascensor de cristal trasparente, no apto para personas con vértigo.

-Anda..pues si que he caminado rápido. Las Torres Killer, están a cuatro calles. Estoy casi segura que la casa de Joseline está justo detrás. Le haré una visita sorpresa y a la vuelta cogeré un bocadillo del bar de Tony para comer algo rápido- se propuso, para organizarse bien el tiempo.

¿ Din don?, sonó el portero cuando Claudia apretó el Octavo C, pero no obtuvo respuesta. Insistió ¿ Din Don?.

La puerta se abrió sin más, aunque tampoco contestó nadie por el interfono. Le resultó extraño porque Joseline siempre contestaba musicalmente diciendo:

- Hola querida ,me alegra mucha verte a ti, muy feliz por ti- con un castellano de frases cortas pero llenas de alegría. Cuando llegó al octavo piso recorrió el largo pasillo del rellano que terminaba en la puerta C, entre abierta y con Joseline descompuesta.

-Eh Joseline, ¿ qué te ocurre? ¿ por qué lloras? preguntó casi intuyendo la partida de Carmen. Podía sentir el olor,era desagradable, los últimos días de Carmen habían sido difíciles y Joseline a duras penas podía cuidar de ella misma.

-¿ Te encuentras bien?, te veo un poco pálida. ¿ Te apetece que te prepare un té con galletas?, abriremos un poco las ventanas para que nos dé el aire ¿ te parece bien? preguntaba Claudia sin respuesta de la pianista, que se encontraba en estado de shock con la mirada perdida.

Poco a poco entraron ambas en la casa, cerraron la puerta tras de si y se sentaron en el sofá blanco del salón que algún día fue cama de numerosos invitados que a menudo las visitaban.

La mesa de centro, de cristal de Bohemia, estaba llena de recuerdos, fotos enmarcadas de múltiples escenarios donde Carmen bailaba y contiguo a la habitación de Carmen un mueble aparador de madera de caoba de grandes dimensiones albergaba cintas de video que ambas coleccionaban. Los recuerdos lo eran todo.

En la pared ,al lado de aquel mueble, un reloj que se había parado. El tiempo para Carmen se había agotado. Debajo del reloj un diploma de la Royal School of music, que parecía decirle a Joseline que aquella pianista debía poner de nuevo el marcha el cronómetro de la vida.

-Querida Claudia, tu muy buena persona, gracias de corazón- comenzaba a decir Joseline con la voz entrecortada del dolor.

-Perdoname, otro viernes mamá falleció,yo no sabía cómo hacer. Mi vecino llamar unos hombres que llegaron a casa para ver que mamá ya descansaba y se la que llevaron al tanatorio. Yo fui con ellos y avisé a mi hermana de Londres ,próxima semana vendrá-lloraba desconsoladamente.

Cogiendo de las manos a Joseline comprendió que aquella mujer necesitaba de su compañía. Había pasado sola el trago más duro de su vida, despedir de este mundo a la persona que le engendró, que le cuidó y le acompañó durante toda tu vida y ahora estaba perdida y sin un hombro en el que consolarse. Pasaría un tiempo hasta que recobrase la energía y encontrara un nuevo propósito en su camino pero mientras eso ocurría Claudia quería estar a su lado.

-¿ Te apetece salir a dar un paseo corto?- propuso Claudia.

-Te vendrá bien tomar el aire. Podemos pasar a ver a mi amigo Willy y luego pasar por el supermercado-

Joseline asintió sin mucha expresividad,confiaba en Claudia.

El viento frio de ese día otoñal les golpeó la cara justo al salir del portal. Comenzaron a caminar ligeras en dirección al Willy´S bar. Allí comerían algo. El cambio de temperatura era grande, pero ambas se miraron y respiraron profundo como si ese aire llenara de energía sus cuerpos ,algo que necesitaban las dos compartiendo el proceso de cambio vital que cada una estaba experimentando en ese momento de su vida.

Hacía meses que la pianista no salía de su casa y Claudia temía que se sintiera abrumada por los ruidos y gentío de la cuidad, por eso le pareció oportuno que Joseline saliera a la calle con sus auriculares azules puestos, y pudiera evitar algo de ruido. Pero contra todo pronóstico Joseline parecía disfrutar sin igual de haber salido de esa jaula en la que se había convertido su casa.

-Joseline, quiero decirte que ya no vendré más a tu casa como fisioterapeuta. He decidido dar un cambio en mi trabajo y buscar algo que me apasione, me estoy apagando como una flor marchita en éste lugar. Pero me gustaría ser tu amiga, ¿ Te gustaría?- preguntó sabiendo que la respuesta sería afirmativa. Existía una conexión especial y recíproca. Se abrazaron de forma espontánea y sincera con una sonrisa que albergaba una admiración mutua. Tenían mas de veinte años de diferencia, pero quizá eso era lo que las unía aún más.

Charlaban a menudo sobre cómo se grababa la música hace cuarenta años y cómo se hacía ahora, de cómo la fisioterapia hoy en día ayudaba a muchas personas con sus dolencias de espalda como a suya y hace cuarenta años casi era una ciencia desconocida o de las diferencias entre la cocina actual y la más tradicional que ella conoció y aprendió en Berlín.

-Yo antes muy buena cocinera. A mi gustar hornear tarta de frutos rojos y huevo. Mejor separar clara de huevo y si tu estar mucho rato batiendo con las varillas podrás montar merengue muy bien, seguro que tú ahora poner todo en un robot y después sonar pip-pip! (imitaba el sonido del temporizador cocina) y la tarta está lista.

Claudia escuchaba atenta, disfrutando de prestar su ayuda, su tiempo su amistad a alguien que sí lo apreciaba.

- He quedado con Sindy a las seis y no quiero dejar sola a Joseline- pensaba Claudia sin cesar- que hago, piensa rápido-se decía para sí misma.

-Debería volver en una hora al trabajo pero no me da tiempo-insistía su voz interior.

Se decidió rápido. No le gustaba mentir, pero en este caso el fin justificaba los medios y ya no tenía ganas de esforzarse cien por cien en un trabajo en el que le quedaba un mes, luego se iría,con alguna crítica desconsiderada incluida. Llamaría a Tomás para decirle que se encontraba indispuesta después del almuerzo y que mañana se incorporaría .

Caminaron más de cuatro manzanas y atravesaron el parque Doldos con su gran lago central, que aunque fuera artificial, contenía un precioso ecosistema de animales palmípedos y flores acuáticas que rodeados de innumerables palmeras hacían funciones de pulmón verde a la ciudad dando espacio a sus ciudadanos donde pasear, hacer un picnic, montar en bicicleta o instruirse en botánica con los numerosos carteles informativos que el ayuntamiento había colocado con tal fin, especialmente para los turistas .Belmonte vivía del turismo así que el inglés tomaba prioridad sobre cualquier otra lengua, encontrando las indicaciones turísticas o menús de los restaurantes en este idioma, por lo que a Joseline no le resultó difícil acomodarse en esta ciudad.

A pocas calles del parque estaba el bar de Willy. Comieron unos sándwiches de pollo braseado con tomate y parmesano e hicieron algo de compra para que la nevera de Joseline tuviera provisiones para unos días.

15.ENTREMANOS

Eran las seis en punto y tocó el claxon del coche para que Sindy la oyera y supiera que la esperaba fuera.

-Ahhh! Se acabó la jornada, dijo exhalando un grito de alivio al entrar en el coche de Claudia, ¿donde me llevas? ¿ no íbamos a una nueva cafetería jardín?, me he quedado intrigada esta mañana-

-Hay cambio de planes. Le he dicho a Tomás que estaba indispuesta y que me iba a casa, así que no quiero me me vea por la cuidad, pero si quieres recogemos a Cloe y vamos a la chocolatería de Ventus, allí no me puede encontrar y te cuento todo- dijo misteriosa esperando la afirmación de su copiloto.

-Claro linda, como quieras, creo que tienes muchas cosas que contarme-decía la porteña con cara de intriga.

Ventus era una pequeña cafetería que regentaba Harry, otra clienta de Claudia, a diez kilómetros de Belmonte a los pies del faro que un día sirvió de guía y vigía a los marineros y pobladores de aquellas tierras. El faro no estaba en uso en la actualidad y tenía muy poca afluencia de gente. Harry lo usaba para elaborar comida que luego distribuía a domicilio a través de una página web que ella misma había creado. Al estar tan alejado del centro el alquiler era barato. Uno de los productos estrella de su e-comerce era el chocolate a la taza, que ellas misma preparaba con tabletas de caco puro y leche fresca.

Cuando entraron al lugar se saludaron y se sentaron en la mesa más cercana al horno de leña que situado en el centro del local calentaba y decoraba el viejo faro sin necesidad de mucho más. El humo de ramos de abeto y pino y los vapores de un chocolate humeante hicieron que esa tarde prometiera más de lo esperado.

-¡ Cuéntame ya qué te traes entre manos Claudia! Hace días que te veo tramar algo y esquivas mis preguntas, venga,es el momento-

-Tienes razón es el momento- comenzó su discurso utilizando de entradilla la frase de Sindy.

- Llevo meses con discusiones diarias con Tomás. He llegado a plantearme dejar mi profesión, aunque luego recapacito y veo que es ese lugar el problema. Hoy que presentado mi renuncia. Gus me apoya. Voy a buscar algún trabajo temporal por las mañanas para ir tirando y voy a montar mi propio centro de cultural, para que la gente mayor pueda crear,expresarse y compartir sus aficiones con otras personas,ese es mi sueño! ¿Qué te parece? Tú podrías dar clases...o dirigir el centro conmigo… se llamará Entremanos. Venga dime algo... ¿estoy loca verdad?

-Claudia, no estás loca, claro que no. Sólo que estoy sorprendida,eres toda una caja de sorpresas. Creo que eres muy valiente por atreverte a cambiar tu rumbo, por tratar de buscar la felicidad en todo momento , y siii, por supuesto me gustaría colaborar contigo ofreciendo clases de ¿ Cocina? ¿ recetas fáciles para la gente mayor?, para eso querías que convalidase mis estudios, chica lista,lo he llevado a un gestor para que me realice el trámite, yo no me aclaro con tanta documentación.-

-Sería genial Sindy. La alimentación es un problema muy grande para nuestros abuelos, una mala alimentación les lleva a enfermar y viceversa, las patologías de la vejez dificultan poder cocinar..eres una crack, me encanta tu idea. ¿Sabes? Ayer atendí a un matrimonio mayor,Angel y Celia. Angel no sabe cocinar, tiene ochenta años y en aquellas épocas sólo la mujer se ocupaba de esos menesteres. Celia se ha roto los dos brazos y hasta que recupere la movilidad no puede cocinar tampoco. Llevan tres meses a base de congelados y comida de bar. No tienen familia y se les ha disparado el azúcar,el colesterol y la tensión arterial. Su doctora sólo les ofrece como alternativa tomar una pastilla. Y van siete desde que su alimentación es un desastre. La trabajadora social no puede mandarles una ayudante un par de horas para prepararles la comida;se encuentran casados y el sistema social de ayudas sostiene que el otro cónyuge puede suplir esa función, ufff, resopló Claudia enfadada por la situación social del país. Es increíble, ¿ dónde vamos a llegar! Definitivamente !Te necesito!- sentenció.

-Valeeee, y ¿ has pensado ya dónde vas a buscar trabajo?-

-En realidad no Sindy, pero estoy tan saturada que necesitaba poner una fecha fin.-

-Se me ocurre una idea para ayudarte, porque este emprendimiento suena muy bien, puedo preguntale a mi jefa si me reduciría a media jornada mi contrato, y así tú podrías venir a la cafetería media día y el otro medio en el taller. Yo haría lo mismo en el turno contrario. ¿ Cómo lo ves vos?-

-¿ Y si sale mal Sindy?, tú estas sola con Cloe, no quiero ponerte en un compromiso-preguntaba Claudia un poco compungida.

-Vos creíste en mi, has querido que forme parte de esto, vayamos con todas linda, sin miedo, va a salir bien. Somos dos cabezas pensantes, todoterreno y con un montón de ideas. Además Belmonte es la ciudad de las personas jubiladas-

Sindy, positiva por demás, terminó de animar a Claudia sentándose las bases de un nuevo negocio, de una nuevo proyecto como socias y amigas.

-No se hable más, brindemos con nuestro chocolate ! ¡ Manos a la obra!

El mes de margen que Claudia tenía para cerrar lo mejor posible sus tratamientos y abrir su nuevo taller pasaba muy deprisa, más de lo esperado. Claudia ya tenía apalabrado su nuevo trabajo de media jornada pero sentía cierta presión por que Entremanos abriera las puertas pronto y Sindy pudiera impartir sus clases y completar así su salario miserable. Ella al fin y al cabo tenía a Gus para ayudarla pero Sindy estaba sola y no quería sentirse responsable si su calidad de vida empeoraba. Trabajaría duro por ese sueño.

Durante los primeros diez días trataron de reunirse cada tres días para aunar ideas y repartir el trabajo. Las manos entrelazadas que pensaron como logotipo representaban la necesidad de buscar ayuda, de dejarse complementar y esforzarse al máximo para cumplir un sueño, eran las herramientas que daban forma al amor; cómo el que una abuela siente por su nieto cocinándole un pastel,que una madre regalaba a su hijo para coser el mejor disfraz o que un amigo demostraba al arreglar ese coche que comenzó a echar humo. Si, las manos reflejaban el tiempo que invertían en ser felices, en hacer dichosos a los demás y a ellas mismas.

Tenían elegido el logotipo. De la página web y redes sociales se encargaba Sindy que era un poco más hábil con las nuevas tecnologías mientras Claudia confeccionaba listas de material que se precisaban para los diferentes talleres y lidiaba con los permisos y licencias que requería el ayuntamiento de Belmonte. Planearon un pequeño cuadrante sobre cómo distribuir las clases de cocina, taller de cuadros en tela,club de lectura e iniciación al yoga en silla que Claudia aplicaba diariamente en sus terapias.

A nivel económico querían adoptar la forma de pago único, como hacía Estrella en Acuarela. Sería más fácil para las personas mayores. Cada socio pagaría una pequeña cantidad pudiendo hacer uso de cada taller con inscripción de reserva, y así poder calcular el coste optimo para que no hubiera pérdidas y los abonados se beneficiaran de un precio reducido.

Para tratar de aliviar la pena de desprenderse de sus pacientes de la clínica y de la auto presión que se había impuesto en la apertura temprana del dentro cultural continuaba yendo con mucha frecuencia a Acuarela, donde una vez presentada su primera obra en telas, fue practicando y desarrollando esa nueva técnica de pintura en tres dimensiones, apta para todos los públicos, videntes o no.

Estrella disfrutaba y hacía de espectador crítico en cada una de las obras que creaba su pupila, tratando de despertar aún más la capacidad de trasmitir emociones a través del arte.

16. ERAS

El otoño se terminaba y el mes también. Su último día en la clínica de Tomás estaba cerca y se alegraba mucho por ello. Estaba contenta por haberse dado cuenta que ella se merecía algo más, por darse la oportunidad de probar algo nuevo, aunque al mismo tiempo estuviera muerta de miedo.

Sindy y ella habían avanzado en la creación de su nuevo sueño "Entremanos" pero todavía no tenían lo más importante, el local, el lugar donde desarrollar sus ideas y seguro que el hogar para muchos ancianos que acarreaban la mochila de la soledad no deseada, sin familia,sin amigos y con el final de su camino cerca. El mercado inmobiliario era complicado,convulso e imprevisible. Los precios desorbitados no permitían que aquellas dos soñadoras alquilaran ningún inmueble de fácil acceso y no poseían aval bancario. Tampoco podían aventurarse a pedir un préstamo hasta cerciorarse que económicamente sería viable .Buscaban anuncios de alquiler en los periódicos, en internet y hacían múltiples llamadas a números telefónicos escritos en pancartas callejeras que citaban; Se alquila, pero nada, no había forma.

La nube rosa y esponjosa de algodón que habían formado en sus mentes se desvanecía en un suspiro al entrar en la boca del mundo real.

Claudia no concebía darse por vencida. Su amiga ERAS(Enfermedad Reumatológica Auto-inmune Sistémica) había conformado su personalidad luchadora y había aprendido, después de muchos años, a lidiar con cualquier imprevisto. A los veinte años de edad, y tras varios procesos de enfermedad sin catalogar en su infancia, fue diagnosticada de una enfermedad Reumatológica, de forma errónea, que la llevó de clínica en clínica en busca de soluciones.

Estaba a dos meses de terminar su carrera universitaria y con cierto conocimiento fisiológico comprendió que le esperaba una lucha larga, un juego de rol en el que las piezas se descubrirían a lo largo de los años. Las inflamaciones de huesos,las insufribles migrañas,las infecciones recurrentes y la fatiga muscular y múltiples llagas acompañaron su adultez temprana, mitigándolas a golpe de pastillazo y soportando la frustración de observar cómo el sistema sanitario no tenía intención de ayudarla. Las múltiples pruebas marcaban daño tisular, pero ninguna con nombre conocido, ya que los síntomas que conforman su enfermedad se sucedían de forma escalonada en el tiempo, dificultando así el diagnostico correcto.

Años después tras ponerse en mano de María, su psicóloga,por ser catalogada como paciente con alteración del ánimo, fue descubriendo la forma de convivir con la incertidumbre para más tarde encontrar algún camino certero. Solo tuvo que escucharse y empezar a caminar, a transitar por el sendero de la vida sin cuestionarse por qué a ella le había tocado luchar con Eras, sin mirar atrás, sin esperar el ¡ cuando podría mejorar?.

Cuando entró en ese proceso de calma tuvo la lucidez suficiente para entenderse y acudió al Doctor Galán. Gus y ella recorrieron quinientos kilómetros para encontrarse con aquel hombre cano, de parcas palabras y entrado en peso. Ya estaba jubilado pero pasaba consulta bajo petición por amor al paciente, a su profesión y al trabajo bien hecho. Aquel doctor le dedicó a Claudia todo el cariño y dedicación que necesitaba y tras estudiar minuciosamente el extenso expediente médico ,confirmó el diagnóstico ,Síndrome de Bechet,que llevó a Claudia a obtener la medicación correcta que ella necesitaba ,cuyo gran coste asumió el sistema sanitario de su país, donde pagaba hace más de veinticinco años sus impuestos.

Si, sólo hizo falta eso, empatía y tiempo. La perseverancia en los ejercicios de rehabilitación y el amor por su familia hicieron el resto, sacando a Claudia de ese oscuro paréntesis de tres años en los que bajó al infierno.

Así que era imposible pensar que se daría por vencida. Buscaría nuevas vías para conseguir ese local, ese lugar,ese sueño.

- ¿Cómo se encuentra Señor Lozano?- preguntó Claudia con entusiasmo al verlo en la recepción esperando su cita diaria.

-Mejorando gracias a ti y con muchas ganas de contarte novedades-respondió educadamente, como siempre.

Durante el tiempo que duraba la sesión de fisioterapia trabajaban duro la percepción sensorial con ejercicios de todo tipo,intercalando entre cada uno de ellos,a modo de descanso,una pequeña conversación de tinte personal. El señor Lozano hablaba mucho de sus hijos,estaba muy orgulloso de ellos,de cómo sacaban a delante la fábrica de calzado por la que tanto luchó y la buena relación de los que tenían entre los tres.

A Claudia le recordaba a su padre con ese tono de voz que infundía certeza y veracidad a todas sus palabras,su insistencia en cada nueva tarea que se proponía y sus buenos modales. Ella correspondía con recuerdos de viajes familiares buscando similitudes con la familia de Lozano,creando poco a poco entre ambos una relación,que sin imaginarlo, perduró muchos años más.

-Lozano- dijo Claudia solemnemente buscando su atención . -Sólo nos queda una sesión de tratamiento. Sabes que dejo esta clínica y ya no podré continuar con tus sesiones. Estoy segura que vas a seguir avanzando.

Antes de que Claudia pudiera continuar su discurso de despedida notó cómo la mano más ágil de Lozano se posaba en su hombro infundiendo calma y se abalanzó a decir:

-Lo sé, no te preocupes que vas a seguir siendo mi mano derecha, ja ja ja,porque la mía todavía no funciona bien-echándose a reír ,poniendo un toque de humor a una supuesta despedida.

-Mi hija vendrá a verte al medio día-dijo sin más.

El señor Lozano,perfumado con Yves Sain Laurent, parecía ir siempre un paso por delante y seguro que a nivel familiar el nombre de Claudia habría salido en alguna conversación para que el patriarca consiguiera su objetivo; que Claudia fuera su fisioterapeuta y ayudarla con su sueño, del cual hablaban a menudo y en que Lozano se veía muy reflejado ya que él también fue un emprendedor,construyendo " Calzados Proll " desde la nada, cómo el decía:-yo no sabía ni poner una suela-.

Pasadas las tres Mónika tocó el timbre y ambas pasaron al despacho, ahora vacío porque Tomás no aparecía hasta las cinco, seis, o veces no venía por las tardes.

-Queríamos agradecerte tu trato y atención hacia nuestro padre. La verdad es que está mejorando rápidamente y él está muy contento de venir. Sabemos que son tus últimos días aquí y nos gustaría proponerte que continuaras en nuestro domicilio-propuso Mónika en nombre de todos los hermanos,que no estaban allí presentes,ofreciendo a Claudia una caja de zapatos que sellaba ese contrato verbal que parecía estar formalizándose en ese momento.

Claudia tuvo la necesidad de dar una respuesta rápida e impulsiva. Era muy buena oportunidad. Podía compaginarlo con su trabajo parcial en la cafetería y el taller teniendo algo más de respiro económico, pero puso freno a su mente ávida de soluciones,con la idea de hablar primero con Tomás, para evitar futuros malos entendidos. No pretendía robarle un paciente,pero igualmente Lozano no volvería a su clínica si no era con ella, así que decidió dar una respuesta abierta y ser correcta.

-Creo que no habrá problema Mónica, me gustaría mucho ,pero dejame primero hablar con Tomás y mañana te daré una respuesta concreta. Son unos zuecos preciosos y muy calentitos para el invierno,me vienen de perlas-añadió, tratando de disimular su alegría por aquel ofrecimiento.

-Estupendo, mañana hablamos-contestó la hija dejando una tarjeta de visita sobre la mesa, con la intención de que Claudia tuviera la dirección y teléfono de la familia Proll y pudiera contactar con ellos ,llegado el caso de que la empresa no se los facilitara, como ocurrió horas más tarde. Tomás no estaba por la labor de asumir que alguno de los pacientes quisieran seguir el tratamiento con Claudia aunque fuera en otro lugar. Tenía miedo de que se fueran muchos más clientes de los esperados por la forma amable y empática con la que ella trabajaba y decidió darle vacaciones obligadas con tal de que los pacientes no se enteraran de su marcha.

Eran las seis y media,el viento frio soplaba y había empezado a llover. Claudia tenía un sentimiento agridulce que le puso los pelos de punta al cerrar, por última vez la puerta de la clínica. No podría volver para despedirse de sus pacientes que tanta confianza le habían mostrado , y eso no era ni educado ni correcto, pero tampoco tendría que aguantar comentarios despectivos de aquel jefe que no amaba la profesión, sólo le importaba el dinero y poco más. Angustiada por la tormenta de cambios que se avecinaban en su vida y agotada del estrés de los últimos días decidió ir a casa, a su lugar seguro, donde estar triste sin motivo no importaba,donde no había que pedir permiso para desahogar las lágrimas contenidas y donde un abrazo familiar calmaba la rabia espesa por paz. Había estado tan abrumada en las últimas semanas que Claudia durmió casi trece horas. Necesitaba recuperar energía y equilibrar emociones. Cuando tomaba conciencia de su cuerpo y volvía al estado de vigilia la luz entraba de lleno por las ventanas .El día parecía frio pero el cielo estaba despejado,dejando a la vista la inmensidad del azul celeste coronado con un sol radiante que invitaba a vivir. Se levantó sin pereza,se puso un conjunto deportivo violeta con su lazo a juego y se dirigió a la cocina para preparar un buen café. En la mesa de la cocina vio la caja de zapatos Proll que ayer no se pudo probar.

Los zuecos de talón abierto y cuero tintado en burdeos estaban rematados con corchetes que unían la tela a la suela ergonómica ,su forro de lana merina le daban una sensación de comodidad y calidez que pocas marcas podían igualar. Todo diseñado por ellos y fabricado en su tierra, cosa de la que se enorgullecía cada vez que hablaban de calzados. Un hombre vestido por los pies.

Tras la segunda taza de café Claudia decidió que se tomaría el día libre. Todavía tenía muchas tareas pendientes de Entremanos pero necesitaba parar,pensar en otras cosas y relativizar los nuevos horizontes. Tomás no la había despedido, sólo le dijo,como pretexto, que le regalaba su última semana de vacaciones, así que cobraría el mismo salario a final del mes,no tenía porqué preocuparse. Se merecía un pequeño capricho y quien mejor que ella para regalárselo.

Acudió a un pequeño Spa de Ringa, una pequeña pedanía cercana a Cotes, para dejarse embaucar por el olor penetrante del aceite de argán y menta piperita con el que daban los masajes relajantes. Un regalo para los sentidos que trataba de frecuentar. Un baño turco y la piscina de agua fría completaron el circuito. Pasó por la biblioteca de Cotes, situada en un edificio de corte renacentista y decoración minimalista, para llevarse un buena novela con la que entretener la tarde. Hablaría con Sindy más tarde y cenaría en familia como le gustaba hacer, sin prisas.

El inverno había entrado sin avisar. Hacía dos meses que Claudia había comenzado su trabajo en la cafetería con Sindy y el local de Entremanos se resistía. El pequeño refugio de trabajadores congelados por las bajas temperaturas a primera hora del día era un hervidero de gente haciendo cola para disfrutar de algo caliente a la espera de que aquella cafetera de los años cincuenta quisiera volver a funcionar. Claudia se desesperaba tratando de saber cómo funcionaba aquella cosa. Cuando empezaba a sonar cómo un tren resfriado había que quitar la cal del circuito con agua caliente y vinagre dejando el motor de aquella confitería parado.

Sindy, que hacía el turno contrario era más previsora en este rubro y siempre tenía un par de litros de café caliente en termos para estos imprevistos. Claudia era novata,pero estaba convencida de ese local que tanto necesitaban llegaría pronto y no precisaría mejorar sus habilidades en el mundo de la hostelería.

El color plomizo del cielo invernal parecía desteñir las ilusiones con las que comenzaron su sueño.

Pasados ya tres meses desde que Claudia terminara en el clínica de Tomás ambas subsistían a duras penas con un suelo de media jornada. Las facturas se le acumulaban a Sindy y bienes básicos como ropa de invierno o una estufa de gas para calentar el pequeño piso donde vivía con Cloe eran difíciles de comprar. Debían buscar soluciones o dar un paso atrás.

-Buenos días, voy al OEP- dijo Claudia al policía que vigilaba la entrada central del ayuntamiento.

-Cuarta planta,pasillo del fondo, debe coger cita previa digital y presentarse con los documentos, señorita!- contestó aquel hombre vestido de azul y con muy pocas ganas de trabajar.

Claudia entró directamente hacia el ascensor sin dejar que aquel hombre acabara la frase. Era la cuarta vez que acudía en un mes y siempre la recibía con aquella frase malhumorada.

-¿En su casa no le han enseñado a dar los buenos días?- pensaba Claudia cada día que se cruzaba con él.

Siempre tenía la impresión que los ciudadanos eran mal recibidos en las oficinas públicas, cómo si estorbasen o entorpeciesen su trabajo, cuando la labor de los funcionarios era atenderlos a ellos. Además te ponían toda clase de trabas y dificultades en la entrega de documentos y escritos. La adquisición de la licencia de apertura para el centro cultural "Entremanos" estaba siendo una labor más complicada y lenta de lo que esperaban. La Oficina Empresarial de Belmonte era un entramado de delegaciones encargadas de tramitar los permisos adecuados para nuevos locales y comerciantes. Teóricamente ayudaban a los emprendedores con una idea de negocio a llevarla a cabo tratando de facilitar la burocracia interminable que se necesitaba. Era la cuarta vez que acudía con documentación y siempre parecía faltar algo.

Atravesó el largo pasillo con suelo mármol rosa y paredes con múltiples anuncios y bandos municipales hasta llegar a los ascensores del fondo que conectaban todos los departamentos del consistorio. Ya en la cuarta planta y tras sacar el ticket del turno se sentó a esperar en aquellas butacas de plástico frente a los televisores que indicaban en cual de las mesas serías atendido. Abrió su carpeta para revisar de nuevo todos los documentos: memoria de actividades, plan de igualdad, propuesta económica ,plan de emergencias, solicitud de crédito,registro medioambiental y declaración de actividades inocuas, parecía estar todo, esperaba tener suerte esta vez y volver a casa con el sello rojo en la licencia, que indicaba que podían abrir las puertas, siempre y cuando encontraran un local adecuado y asequible.

-T42 acuda a mesa 5-indicaba un altavoz electrónico con todo agudo y estridente, como lazarillo de las personas invidentes.

Era el turno de Claudia. La administrativa que la atendió, sin nombre en la mesa, ni presentación alguna,tenía una pila de carpetas y documentos acumulados en torre en el lado derecho de su mesa. Claudia pensó que ojalá no fuera ella la última porque sino su tramitación tardaría meses en ver la luz. Un termo caliente y un café a medio terminar indicaban que muy posiblemente todavía no había hecho la pausa del medio día y no estuviera de humor para trabajar. En los dos enormes ordenadores que ocupaban la zona central del escritorio se escuchaba un constante e incesante bombardeo de emails sin abrir y se veían las múltiples notas de colores que acomodaba con cinta adhesiva sobre las pantallas, a modo de recordatorio, para no olvidar las tareas pendientes. En el lado izquierdo de la mesa un marco de plata labrada contenía una foto de la mujer abrazando a una niña de unos cinco años con tirabuzones de oro y sus mismos ojos verdes, ambas sonreían y parecían ser felices, el mar se veía de fondo.

Esas personas capaces de alegrate el día con su presencia, con su energía son las que necesitamos en momentos oscuros y Claudia decidió usarlo a su favor.

-Es muy bonita la foto,seguro que a su hija le encanta la playa. Mis hijos ya son mayores pero cuando eran así de pequeños adoraban hacer castillos de arena y jugar a saltar las olas rompientes-dijo Claudia haciendo una pequeña pausa a la espera de réplica. Trataba de empatizar de alguna forma para ablandar los sentimientos de aquella mujer sin nombre.

-La verdad es que sí, le encanta, ahora hace frío y buscamos otras actividades pero en verano es su lugar favorito, y el mio también. ¿En qué puedo ayudarte?- preguntó de mejor gana.

La mujer parecía haber bajado las revoluciones de su cerebro a punto de estallar, y tras haber accedido al recuerdo de su hija parecía más tranquila y con ánimo de ayudar. El sello rojo estaba en su carpeta.

Claudia salió exultante de alegría,había dado otro paso importante y quería llegar antes al trabajo para hablar con Sindy y alegrarle el día con esa noticia.

Atravesó de nuevo el largo pasillo en dirección contraria en busca de la puerta de salida e inmersa en sus pensamientos tropezó de costado con una señora cayendo al suelo el bolso de ambas.

-Ay! Disculpe, ¿Está usted bien?- se excusó Claudia, comprobando al ponerse de pie que era la Sra. Ucasi

-!Ana, que alegría verte!,siento no haberme despedido, me obligaron a coger vacaciones y no sabía cómo encontrarte!-

-Hola Claudia, yo también me alegro de verte. Pregunté por ti pero me dijeron que ya no estabas, sin más! He venido a solucionar unos documentos de la casa de mi hijo-

-Sra Ucasi, dentro de muy poco mi mejor amiga y yo vamos a abrir un centro cultural ceca de aquí, ¿le apetecería venir a la inauguración?

-Claro que sí Claudia-dijo con una gran sonrisa la anciana de mechas azules y conjunto de lana vintage.

Intercambiaron los teléfonos impresionadas y contentas por aquel reencuentro fugaz.

17.FAMILIA

-Sindy,soy Claudia,te mando un audio porque he tardado más de lo previsto en los trámites y cuando llegue a la cafetería seguro que ya no estás. He conseguido el sello rojo!, sólo nos falta el local y vamos a por todas!Cuando termine mi turno pasaré a buscaros, tengo otra noticia que darte. Besos.

Sindy estaba con pocos ánimos. No le había podido celebrar el cumpleaños a su preciosa princesa por falta de presupuesto y hacía frio en casa. Quizá la idea empresarial no había sido tan buena, siempre le pasaba lo mismo soñar demasiado para luego despertarse en la cruda y fría realidad.

La tarde estaba cerrada y fría. Los turistas ya estaban en los restaurantes y pubes de la zona y los habitantes de Belmonte cogían fuerzas en sus casas para enfrentar otro día duro de trabajo. Eran más de las siete y hacía media hora que no entraba nadie en la cafetería. Claudia decidió cerrar y se plantó en menos de dos minutos en casa de Sindy. Tocó el claxon y ambas bajaron forradas de ropa, aquella casa parecía un iglú , sin saber que sería el último día de sacrificio por una vida mejor. Lo bueno a veces se hace esperar, y siempre sale el sol.

Llegaron a Cotes en unos pocos minutos en los que inmersas en sus preocupaciones no intercambiaron ni dos palabras. Cloe dormía en el asiento de atrás. Claudia notaba la tristeza y presión de Sindy y estaba dispuesta a tirar del carro, a buscar soluciones y no dejar que su amiga se hundiera en sus miedos movedizos.

Mientras las chicas aparcaban el coche y subían a casa, Gus se afanaba por decorar la mesa lo mejor posible,caldearon el salón que pronto sería el hogar de las porteñas y ordenaron a fondo muebles y armarios para dejar espacio a sus nuevas inquilinas.

-Sindy, quiero que sepas que esta es tu casa. Me gustaría que te quedases aquí con Cloe el tiempo necesario y continuemos con nuestro sueño, comenzó a hablar Claudia buscando la mirada de confirmación de Gus con el que ya había consensuado esta decisión hace unos días.-Es un piso pequeño pero es caliente, no tendrás que pagar alquiler y podemos compartir los gastos, que nos vendrá bien a todos. Cloe puede continuar en el mismo colegio, se vendrá con nosotras por las mañanas y por las tardes podéis merendar y hacer los deberes en la cafetería. Además no tendríamos que buscar tiempo para vernos y seguir trabajando el proyecto, vamos a cenar juntas todos los días!....venga, dime algo....por favor-el corazón de Claudia parecía salirse del pecho esperando respuesta.

Sindy estaba abrumada por la situación. La familia se había tomado la molestia de acomodarle el sofá cama del salón a modo de dormitorio para que Cloe y ella pudieran tener su espacio. Habían pintado dos pequeños muebles de madera de color verde limón para guardar juguetes y cosas personales. Un baúl inglés en los pies del sofá hacía de separador con el comedor y funciones de armario ropero. Habían colocado hasta sus nombres en dos de los percheros del baño y en colgador de llaves con forma de barco frente a la puerta había colgadas un nuevo juego de llaves.

Desde que emigró no había tenido nunca esa sensación de familia, de hogar, de comunidad, y pese a ser una persona muy independiente, se dejaba llevar por los cambios que la vida le traía.

El hecho de que compartieran los gastos de comida, suministros y gasolina, le hacía sentirse como parte de la solución a un problema común y sería muy enriquecedor para Cloe aprender nuevas cosas, nuevas costumbres y nuevos amigos de cuatro patas. No podía despreciar aquel ofrecimiento, ella también creía en ese sueño.

Para agasajar a sus nuevas invitadas Gus hizo entrada en el salón de un pastel papa. Era una receta Argentina que preparaba con esmero, siguiendo al pie de la letra la receta de su madre, con carne picada a cuchillo,huevo,aceitunas,uvas pasas y comino que se cubría de un suave puré de patatas doradas al horno y un toque crujiente del queso rallado que el horno derretía.

A todos los comensales se les hacía la boca agua y se saltaron el brindis de celebración echando mano al cucharon para servir aquel manjar. Terminaron la cena con un flan casero con dulce de leche y juntaron sus copas con gaseosa, ya que en casa de Claudia y Gus no se bebía alcohol,sellando una bonita amistad que se fraguó día a día.

El tiempo pasaba volando. Amanecía un lunes y en un abrir y cerrar de ojos ya era viernes de nuevo. Habían establecido, casi sin querer, unas rutinas familiares en las que todos colaboraban para tener una convivencia lo más fácil posible.

A las seis y media de la mañana, con el alba, se despertaban todos y con el café rápido de la mañana se daban los titulares del día y esperaban con buen ánimo tener una jornada provechosa y juntarse de nuevo a la hora de cenar. Claudia, Sindy y Cloe conducían hacia Belmonte, con el noticiero matinal que luego cambiaban por música pop española de los años noventa que tanto les gustaba. La cafetería era la primera parada, donde se bajaba Sindy que hacía generalmente el primer turno que comenzaba a las ocho, ya que Claudia seguía enfadada con la cafetera. Luego Continuaban hasta "El Cervantes", el colegio público al que iba Cloe y finalmente Claudia aparcaba en un descampado a las afueras de la ciudad que hacía de dormitorio de automóviles que esperan hasta el final del día para ser recogidos. A paso rápido, por el frio húmedo de las zonas costeras recogía el café que Sindy ya le tenía preparado y caminaba tres kilómetros más hasta la casa del Sr. Lozano, donde diariamente compartían más de dos horas entre la sesión de fisioterapia y las charlas profundas y sinceras de las que ambos disfrutaban.

A través del él y con un poco de publicidad que Sindy repartía a sus clientes Claudia había llenado una buena cartera de clientes a los que atendía en su domicilio y los que por un módico precio aliviaban sus dolencias físicas, y a veces su soledad. Poco poco Claudia vio que su agenda quedaba completa reportándose un sobresueldo que luego compartía con Sindy para hacer las compras semanales, tener unos pequeños ahorros para los imprevistos de su nuevo emprendimiento y algunas semanas hasta se permitían salir a comer, merendar o disfrutar de música en vivo los fines de semana ,en algún café cercano a Cotes.

Las cosas parecían mejorar y pese a no tener todavía el local donde desarrollar su actividad estaban tranquilas ,sin necesidades urgentes y con mejorar ánimo que hace unas semanas.

A las dos de la tarde hacía el intercambio. Claudia comenzaba el segundo turno mientras Sindy pasaba la tarde con su princesa, para no perderse nada de su infancia. Algunas tardes iban al parque, tras a patinar y los jueves a clases de inglés. Si se aburrían o pasaban frio acudían a la confitería a por un vaso de leche bien caliente con espuma, terminaban los deberes y a las ocho en punto se bajaba la persiana para volver a casa y cenar en familia. Durante los recorridos entre cliente y cliente de Claudia, y los paseos con Cloe que Sindy hacía, recogían teléfonos de locales en alquiler,exploraban agencias inmobiliarias y preguntaban aquí y allá sin perder la esperanza de que algún día lo encontrarían. Quizá el destino había querido que aflojasen la marcha del proyecto, que aprovechasen el momento,era tiempo de compartir con las personas que nos hacen felices, disfrutando del camino.

Gus que llegaba un poco más temprano de su oficina, tras lidiar con sus veinte empleados, salía a dar un paseo con los hijos de cuatro patas mientras Juan y Rodrigo, tras terminar sus horas de estudio en la facultad, acomodaban la ropa tendida y preparaban los almuerzos del día siguiente. Los sábados cocinaban varios platos que dejaban en la nevera con el fin de facilitar la cena durante la semana , ya que los días eran largos para todos y lo que más deseaban al llegar a casa era un ducha caliente y un rato de descanso.

Algunos sábados, cuando el presupuesto estaba justo para las cosas básicas, pasaban la tarde creando nuevos cuadros en relieve con distintos tejidos,trabajan sobre las recetas del taller de cocina ,buscaban en redes sociales voluntarios que los ayudasen en los acompañamientos de las personas usuarias del centro,planeaban un desfile de moda viejoven y se informaban de subvenciones económicas que pudieran solicitar para facilitar el desarrollo de Entremanos.

El fin de año se acercaba y querían pensar que eso les traería suerte. Sindy había concertado una visita para ver un local que se podría adaptar a lo que ellas estaban buscando y podían pagar. La visita sería el sábado y así las acompañarían Gus y los chicos .Cuantas más ideas mejor.

El local se encontraba en un barrio humilde de Belmonte poblado con casas bajas y estrechos callejones que parecían haber quedado asilados del mundo moderno, donde el tiempo se detuvo en aquella época en la que las mujeres iban a la fuente a por agua, los niños jugaban descalzos en las calles sin asfaltar y donde los servicios públicos cómo el autobús, el alcantarillado o el alumbrado brillaban por su ausencia. El barrio de "las Matas" ,donde vivía Carmen, era un asentamiento de trabajadores emigrados de Andalucía y Extremadura que en los años sesenta se trasladaron a las ciudades para salir de la vida ruda y pobre que el campo les ofrecía.

Ahora con una población que rondaba los setenta años de media sería un buen lugar para establecer su negocio aunque por otro lado pensaban que a ese barrio de dudosa reputación no accederían otros usuarios por miedo a que les robaran o a ser atacados. Para sopesar los pros y los contras del local debían primero visitarlo y luego durante en la cena se reunirían a modo de Concejo para tomar decisiones.

A la entrada del local y para sorpresa de Claudia se encontraba Carmen con su hijo Joaquín. Esa madre incrustada en una vida infeliz para satisfacer las necesidades de un hijo sin escrúpulos, que con muy pocas ganas de trabajar, pretendía devorarse los pocos bienes de los que disponía Carmen para asegurar su bienestar, y que tantos años de esfuerzo limpiando escaleras le había costado.

Joaquín nunca había acompañado a su madre a la clínica por lo que no sabia que Claudia conocía la existencia de otros dos hermanos, que no salieron a relucir en la conversación, por lo que Claudia dedujo que Joaquín podría estar coaccionando a su madre para alquilar ese local a las espaldas de sus hermanos y aprovecharse de un dinero que no le correspondía, dejando a Carmen en una situación muy delicada. Claudia decidió disimular y hacer cómo si no se conociesen. Harían las preguntas oportunas sobre el local y se emplazarían para llamarse dentro de unos días y decidir si lo alquilaban o no.

Al espacio que se arrendaba se accedía por dos pequeños escalones que formaban la esquina de la calle y también disponía de rampa para silla de ruedas. El suelo, de terrazo rústico color bermellón, parecía robusto y estaba bien conservado. Había algunos muebles destartalados que parecían llevar años en aquel lugar provenientes de alguna mudanza anterior. Quizá pertenecieron a la casa del pueblo de Carmen y que tanto añoraba aquella mujer, incapaz de soltar la vida de su hijo, de dejarlo volar y que responsabilizara de su vida, de no justificarlo ante acciones incorrectas. Las paredes aún con gotelé cubiertas de polvo tenían varias estanterías metálicas con algunos materiales de ferretería que sobraron cuando su hijo decidió que sacar un negocio adelante requería de mucho esfuerzo y eso le restaba tiempo de vida, el mismo tiempo que parecía estar robándole a su propia madre.

El local también disponía de un pequeño aledaño a modo de almacén separado por una cortina y la puerta de acceso principal se cerraba con una reja metálica que en su día habría costado un dineral y que a día de hoy era bastante difícil de forzar, así que sería un lugar seguro. En general era un espacio amplio que con una par de manos de pintura,una decoración moderna y unos muebles prácticos y funcionales podrían ser un buen comienzo para Entremanos, pero Claudia no estaba dispuesta a participar de la ruina de aquella mujer. Si le alquilaba el local aquel hijo dilaparía el dinero sin que Carmen viera un céntimo. Tampoco podía hablar con sus otros hijos porque ya no tenía acceso a sus datos personales y aun de haberlos tenido no sería una consulta relacionada con el tratamiento de fisioterapia sino personal por lo que estaría rompiendo la confidencialidad profesional. La única manera en la que Claudia podía ayuda a Carmen era evitando que se pudiera alquilar, ni a ella, ni a nadie, y eso pretendía hacer.

-Muchas gracias Joaquín,te agradecemos la visita. Vamos a pensarlo tranquilamente y te llamaremos en unos días- disimuló Claudia con ganas de dedicarle unos cuantos insultos bien merecidos.

Una vez en casa, y reunidos a la mesa, Claudia explicó a toda la familia qué estaba ocurriendo y cual era el motivo por el que no podían alquilar ese local.

-Es una pena, la verdad es que me gustaba bastante, y tenía un precio asequible, se lamentaba Sindy.-

-Mañana iré al registro civil para saber exactamente si el local está a nombre de Carmen. Si es cierto pondré en conocimiento de la guardia civil lo ocurrido y veremos que ocurre, porque sino ese malnacido se lo alquilará a otra persona-concluía Claudia.

Con la última palabra se levantó de la mesa y se fue al dormitorio. Bastantes complicaciones rondaban su vida en este momento cómo para meterse en una más, declarar en un juicio y a lo mejor crearse mala fama en Belmonte antes de empezar su nuevo sueño. Gus la siguió , se puso a su lado en la cama,abrazándola suavemente. Sabía que Claudia estaba esperanzada en encontrar el ansiado alquiler y esa decepción era un jarro de agua fría.

-No te preocupes. Creo que estás haciendo lo mejor para esa mujer. Ya llegará tu lugar, quizá no es ese. Además estaría mejor buscar algo más céntrico, más accesible para todo el mundo, quien sabe si te haces famosa y lo conviertes en una galería de arte- decía Gus para despertar la infinita positividad de Claudia, que parecía haberse escondido.

Aunque la convivencia era buena y todos disfrutaban de esa vida ajetreada en una familia numerosa, ambos echaban de menos esos ratos de complicidad, de caricias y besos que se demostraban cuando tiempo atrás el silencio visitaba su hogar.

Necesitaban su espacio y sentir su calor,su olor,su simbiosis,piel con piel.

-Sindy, me gustaría salir un fin de semana con Claudia a Albares. Necesita un poco de desconexión y seguro que después vuelve más tranquila. Crees que podrás ocuparte de lo chicos y los perros?- preguntó Gus buscando soluciones. Asintió bajando ligeramente la cabeza y sonriendo a Gus.

Hacía diez años que se prometieron ser buenos amigos, amantes y confidentes en el camino de la vida. De caracteres muy diferentes, Claudia,de temperamento feroz y arrebatadora y Gus silencioso y complaciente, eran el engranaje perfecto capaces de tirar del otro cuando era necesario o dejarse fluir por la corriente de su otra mitad, en la cual confiaban.

Gus había nacido en Ushuaia, provincia de Tierra del Fuego, Argentina, el extremo más austral de Sudamérica, donde el frio océano parece congelar el recuerdo quedándose anclado en la retina para siempre. Los bellos parajes glaciares y bosques milenarios de su primera infancia se fueron trasladando de puerto en puerto siguiendo la estela de su padre, capitán de fragata de las Armada cambiando de destino, y de vida, con su madre y tres hermanas, casi cada cuatro años.

Los cambios constantes forjaron en él una gran capacidad de adaptación, una falta de apego a las cosas materiales, que iban y venían en camiones sin saber si las volverían a ver en cada mudanza, y la gran convicción que el tesoro más bonito de conservar era la familia.

De descendencia familiar tenía costumbres militares. Se levantaba temprano y preparaba mentalmente sus tareas diarias, aunque nadie fuera a pasar revista. Lucía siempre corte de pelo rasurado, sonrisa impoluta y porte esbelto con cabeza alta. Con un café solo,cargado y amargo como la vida misma escuchaba el noticiero matinal esperando a las ocho en punto para salir a trabajar..

Tras emigrar a España pasó muchos años dedicado en cuerpo y alma a su trabajo para confirmarse a sí mismo que había merecido la pena el dolor de dejar a su familia en el otro lado del mundo, dolor que no iba a desaparecer por más horas que estuviera en el bar que regentaba, dándose cuenta años después que su camino en la vida era crear una familia, muy parecida a la suya , en la que se había criado con juegos,travesuras,estudios y desamores que se solucionaban en torno a una mesa.

Encontró su propia familia lejos de su país natal,pero el viaje mereció la pena.

Comedido en palabras para no herir sentimientos,tenía en don de la palabra y el buen hacer. Era capaz de general empatía con cualquier cliente y de crear escuela en cada restaurante en el que trabajaba. Los años de experiencia y la tenacidad para cursar estudios de gestión de equipos en una edad algo avanzada, le llevo a dirigir el departamento de Recursos Humanos de una gran empresa local con más de cuarenta empleados. Ahora sí se sentía valorado a nivel profesional y había adquirido una templanza personal que emanaba seguridad en sí mismo, cualidad que enamoraba a Claudia cada vez más.

Albares era población turística del interior de la comarca. Famosa por sus desfiles de Moros y Cristianos y sus múltiples restaurantes de exquisita decoración, nido de turistas extranjeros y nacionales que buscaban un poco de paz dentro de sus ruidosas vidas, estaba a poco mas de cien kilómetros de Cotes.

El centro histórico albergaba un imponente castillo y fortaleza del siglo XII que se había mantenido en un estado de conservación excelente gracias a los fondos europeos que se invertían en la restauración de monumentos históricos con el fin de preservar y mantener el patrimonio histórico y cultural. Las murallas en forma hexagonal con torres vigías en sus puntas, el foso actualmente convertido en lugar de repoblación de especies vegetales en extinción, como los arce rojo o la Esclafidora rosada, y una compañía teatral que escenificaba en su interior las batallas entre ambos bandos, eran el conjunto perfecto para una visita cultural con la que despejar la mente y llenar la imaginación.

Pasaron la mañana tan entretenidos con aquella visita que inesperadamente descubrieron en un pequeño tablón de anuncios del hostal, que casi perdieron la noción del tiempo llegando tarde que a la fonda donde Gus había reservado una mesa especial, con rosas blancas en un pequeño centro de mesa con vistas al castillo a través de su ventana acristalada de medio punto y un estufa de leña que caldeaba el local. Disfrutaban de cualquier cosa, más bien degustaban el tiempo,mascaban los minutos acariciando sus manos cómo si fuera su primera cita, acompañados ese día de arroz con pulpo y cocas de daxa típicas del lugar. Dejaron el postre para otro día deseando deshacer sus cuerpos en la mas pura intimidad.

Y los días pasaban sin prisa pero sin pausa como el agua de un riachuelo que busca el mar, esquivando las rocas del cauce, formando remolinos de emociones que finalmente encontraban su lugar. Aunque el local de Claudia y Sindy seguía sin aparecer. El día a día podía ser a veces agotador, por lo que trataban de vez en cuando de buscar tiempo personal, de perderse para encontrase y recobrar sus ganas se seguir.

Claudia volvía fresca de su escapada con Gus y como los lunes siempre eran un buen día para ella, puso la radio a todo volumen para la cantar la canción de Mónica Naranjo que acertadamente sonaba en la radio:

-! Sobrevivireeeee...¡!,cantaba mirando a Sindy en busca de su sonrisa cómplice. Cloe se unió al concierto e inventándose a letra animaba la fiesta desde el asiento del atrás.

-Chao, Sindy, dejo a Cloe en el colegio y pasaré la mañana con el Señor Lozano. Si me da tiempo iré a ver a Estrella, quiero entregarle un cuadro más y pedirle consejo sobre las resinas nuevas- informaba Claudia a voz en grito desde la ventanilla del coche.

Claudia era imaginativa. Era capaz de reciclar un objeto y convertilo en otro completamente diferente. Tenía buen gusto en el uso de los colores y se le daba bien la pintura. Pero su nuevo arte en dos dimensiones, con volúmenes y texturas se acercaba más a la escultura que a la pintura y desconocía elementos con los que mejorar sus obras. Seguía en redes sociales a varios artistas en busca de ideas e inspiración para luego pedir consejo y asesoramiento a Estrella que llevaba muchos más años que ella en este mundo. Así era el proceso de aprendizaje, una mezcla de pasión,esfuerzo y consejo.

- La buena suerte no existe,el éxito es una mezcla entre la oportunidad y la preparación- se repetía mentalmente tras memorizar esa frase en su primera clase en la universidad, hace ya tres décadas.

Comenzaron el nuevo año con mejor ánimo del que lo habían terminado. Tras unos días de descanso y compras Navideñas estaban dispuestos y entusiasmados en la creación de Entremanos, en la que todos ,incluidos Leo y Juan,asumían algún rol activo, siendo partícipes de un sueño común.

Tras las malas intenciones que tenia el hijo de Carmen sobre los bienes de su madre Claudia se comprometió a buscar a un abogado que colaborara en el proyecto, para proteger los intereses de las personas mayores y evitar que fueran estafados. También querían comprar un piano, aunque fuera de segunda mano, para que Joseline pudiera compone de nuevo, tocar sus piezas para ensanchar su alma y porqué no compartir su hobby con otros abuelos. Todas las ideas que se les ocurrían necesitaban de un presupuesto del que no disponían y ese era el primer punto en el que debían trabajar.

Leo, estudiante de ingeniería informática, y Juan ,candidato aventajado a los premios en investigación del cáncer de mama en un universidad de Valencia, pertenecían a la era digital manejándose con facilidad con la tecnología, aportando ese punto de digitalización que parecía necesitar el proyecto, y al que Sindy y Claudia no llegaban a comprender. La propuesta de ambos era crear una pagina web de comercio electrónico en la que comenzar a vender las obras de arte de Claudia,la repostería de Sindy y todas aquellas manualidades que se les pudieran ocurrir, exponiendo de forma sencilla y clara la finalidad social y altruista de la asociación. Esas ventas y posibles donaciones, junto con las subvenciones solicitadas podrían ser el empujón que necesitaban.

Mientras Leo trabajaba en la construcción del portal de e-comerce, Juan fotografiaba, catalogaba y ponía precio a lo que luego se vendía en la web. Sindy y Claudia empleaban todo su tiempo libre en la creación de nuevas obras y Gus se encargaba del empaquetado y envió de los productos, junto el libro de cuentas. Una cadena que con sus diferentes eslabones funcionaba casi de forma automática y poco más de seis meses y sin darse cuenta los ingresos eran suficientes para hacer las primeras compras de material y ese piano que tanto ansiaba regalar a Joseline.

Durante estos meses Claudia había conseguido que Carmen, con la que coincidió en el contencioso contra su propio hijo, comenzara a tejer bufandas de hilo cashmilon de colores mezclados que se vendían como churros en la web, Joseline hacia pequeñas composiciones musicales que luego canturreaba en su mente sin atisbar que pocas semanas después estaría de nuevo delante de un piano a y hasta el Sr. Lozano donó cien pares de zapatos que no tardaron en agotarse. El nexo de unión de todos ellos era Claudia y sin quererlo, y través de ella, todos parecían haber encontrado ese nuevo propósito por el que seguir viviendo.

-Mamá, tenemos demasiados pedidos en espera. Nos han comprado dos cientos llaveros de hoja,cuatro bufandas con gorro a juego y una mesa de dulces para una comunión...no sé si aceptarlos, creo que es mucho y el tiempo no se puede estirar como un chicle- se lamentaba

Juan, sabiendo que sería una pena desperdiciar los

encargos,pero viendo que el desgaste físico de su madre era real.

-No pasa nada, cógelos, trataremos de hacer algo más por las noches y le pediremos a Carmen y Ana que pregunten si alguna de sus amistades nos quieren echar una mano- apuntaba Claudia con la mano en la espalda por el dolor de huesos.

Claudia no quería desaprovechar ese empujón económico que les darían esos pedidos grandes. Poco a poco veía luz al final del camino y era capaz, aunque de forma errónea, de hacer un esfuerzo titánico en contra de lo que su cuerpo le pedía, con tal de conseguir el objetivo marcado. Quizá si hubiera estado sola en esta andadura habría hecho un descanso, pero la situación de falta de independencia de Sindy le pesaba y Gus y los chicos necesitaban su espacio.

-Sólo unas semanas más.- pensaba, sacando fuerza de donde casi ya no había.

Por las noches cuando todos se acostaban se iba a la cocina, donde no molestaba a nadie, y sacaba las hebras de macramé teñidas de verde,con las que confeccionaba unos adornos a modo de hoja. Tras diez o doce nudos en ocho cruzado peinaba los hilos para desfribrosar el algodón y que cogieran ese aspecto suave. Colocaba tres o cuatro libros gordos encima para que se prensaran bien y quedaran lisos. Luego recortaba el sobrante y colocaba una anilla de metal en cada una de ellas, que compraba al por mayor, para colocar las futuras llaves.El primer llavero quiso guardarlo de recuerdo para colocar la llave que abriría su local, aunque a este paso parecía no llegar nunca.

18.CLOE

Los primeros días de primavera habían abierto los capullos en flor. El parque del convento estaba florecido y al alba los pájaros cantaban despertando los sentidos. El olor a madre selva entraba por las ventanas que dejaban entreabiertas para sentir la suave brisa fresca del amanecer. La prímula era la estación preferida por Claudia, pero aquel día era incapaz de abrir los ojos. Las llagas en la boca le ardían como el fuego y la lumbalgia había venido de nuevo a visitarla. Un dolor plomizo en las piernas le decía que debía parar.

El exceso de actividad y la falta de descanso provocaban en ella un corriente arrolladora de energía Yang que mermaba hasta los límites la energía Yin, ese combustible interior necesario para estar en equilibrio. Esa balanza se desequilibraba en el momento en el que Claudia se exigía demasiado ,llevándola a un nuevo brote de su enfermedad, necesitando reposo nuevas prioridades.

-Buenos días Sr. Lozano, le llamo para decirle que durante esta semana no podré acudir a su domicilio. Lo siento muchísimo, estoy enferma de necesito descansar. Siga realizando los ejercicios que la semana pasada y antes del viernes le llamaré de nuevo- concluía Claudia.

-Ohh, bueno es una pena. Espero que te recuperes pronto. Tengo nuevas noticias para ti, pero prefiero contártelas en persona. Cuidate, nos vemos pronto- decía el anciano a través de un smartphone que controlaba mejor que ella.

Aquel viejuno de ochenta y tantos años manejaba los emails y recibía WhatsApp por el teléfono, conectaba el navegador de su tesla eléctrico de alta gama en medio minuto y leía en un ebook en que descargaba libros desde páginas ilegales en un abrir y cerrar de ojos. Quien diría que aquel señor, de paso corto y pelo cano,habría sido zapatero y empresario, mas bien era un hacker camuflado.

Claudia necesitó más de una semana para recuperarse. Dejó toda actividad para dedicarse al deleite. Leer, dormir, cocinar y algún paseo corto con los que mover la energía y restaurar las articulaciones fueron sus medicinas esa semana. No faltaron las infusiones, los barros calientes en la espalda y los enjuagues bucales con silicio. Con el paso de los años había aprendido a comprender su cuerpo, y aunque reconocía que se resistía a parar cuando su cuerpo le avisaba,sabía cómo auto cuidarse dando espacio a esa energía interior con la que equilibraba su ser. Amante de las terapias holísticas integraba en sus comidas la canela y jengibre ya que aportaban calor interior, imprescindibles a las enfermedades reumáticas, también llamadas síndromes fríos en la medicina oriental. Ejercicios suaves con apertura de caderas establecían las fascias primitivas del cuerpo dejando que las arterias irrigasen de nuevo sus tejidos para desinflamarse. Manuel, su acupuntor, siempre decía que hay dos formas de re-equilibrar la energía, por las buenas o por las malas, o paras tú, o te para el cuerpo. En esta ocasión había sido la segunda. Visitó también a su médico de confianza para reajustar la terapia biológica que se suministraba quincenalmente.

Seguiría trabajando en su mayor debilidad, decir que No.

El salón de aquella casa se parecía más un almacén de Amazon que aun hogar, pero entre los cientos de cajas por enviar y el rico olor a dulce casero que siempre había, se respiraba una emoción conjunta a punto de estallar.

El curso escolar ya estaba casi terminando y Cloe trataba de buscar excusas para no ir. Un dolor de cabeza o calambres en el pies eran la frase perfecta para que le permitieran quedarse en casa, pero Sindy trataba de no sucumbir a sus deseos porque sino ella tampoco podría ir a trabajar, y necesitaban el dinero.

Claudia había conocido a Cloe con poco más de tres años, de rizos cobrizos y melena suelta enmarcaban una nariz chata y sonrisa comedida. Una vez cogieron confianza la risa abierta con voz aguda traspasaba cualquier corazón, siendo capaz de meterse en el bolsillo a cualquier adulto. En los últimos meses había crecido varios centímetros y se había vuelto muy resuelta. Colaboraba como una más en las tareas de la casa y se había apoderado de la tarea de pasear a Leia, esa bola pelo blanco y cabeza marrón que la seguía a todas partes como fiel lazarillo. Eso le hacía sentirse orgullosa de si misma formando parte de esa familia numerosa tan atípica.

Claudia tomaba postura de tía, o a veces abuela, frente a ella. Con la experiencia de sus hijos mayores era capaz de explicarle el porque de las cosas sin perder la paciencia consintiendo ciertos caprichos que Sindy no permitiría. Cloe se había convertido en la niña que ella nunca tuvo envidiando la futura relación que Sindy y ella tendrían cuando la adultez entrara en su vida. Esa experiencia en la que una madre y una hija comparten todo, se ayudan y se comprenden con una mirada, vivencia que Claudia no pudo tener porque su madre falleció muy joven de cáncer de mama. Ese fue el motivo por el Juan se decidió por la investigación y mejora en los tratamientos de esta enfermedad. La falta de una abuela supuso un vacío que consiguió llenar con avances científicos.

A Claudia solo le quedaba su padre al que llamaba con frecuencia y por el que veía pasar los años, trasformando aquel hombre presto,de carácter inflexible y palabras cortas en un ser de ánimo afable y complaciente. El pasar del tiempo y visualizar, aunque fuera a lo lejos,el final del camino, despertaba en las personas mayores sus cualidades más profundas , en su padre también, y aunque los separaban quinientos kilómetros el uso de las video-llamadas disminuía la añoranza de pasar tiempo juntos.

El Señor Lozano era lo más parecido a un padre que tenía cerca, y hoy tenía consulta con él.

-Vamos Cloe, no llores por favor. Quedan muy pocos días de colegio y el mismo que termines iremos juntas a pasar la tarde a la piscina de Cotes. La inauguran ese día y pondrán unos toboganes con espuma muy divertidos ¿Te apetece?- trataba Claudia de hacer con la niña un pacto para lidiar con el mal humor que le causaba el cansancio.

-Okeyyyy, dijo asintiendo ese acuerdo entre tía y sobrina.

- Muy buenos días, ¿cómo está usted?,preguntaba Claudia de forma retórica cada vez que cruzaba el umbral del rellano de su casa.

Lozano recibía amablemente a a su fisioterapeuta y amiga con un café con leche y pastas de té que Claudia agradecía después del esfuerzo que suponía subir una camilla de doce kilos que tras la sesión guardaba en el garaje del abuelo, junto a su Tesla eléctrico de último modelo.

Durante los nueve meses que llevaban de tratamiento las mejoras físicas eran increíbles. Cuando se conocieron Lozano tenía la mano izquierda casi inutilizada, padecía disfagia y las dificultades en el equilibrio no le permitían salir sólo a la calle. Los ejercicios de toda clase que Claudia proponía y que el Señor Lozano de buena gana realizaba iban encaminados a al reconocimiento de su hemicuerpo izquierdo. Verlos trabajar juntos era cómo una obra teatral. Interactuaban, se reían, improvisaban y repetían una y otra vez hasta que la obra salía perfecta.

En algunas ocasiones y con el buen clima que acompañaba esos días paseaban por las calles de Belmonte tratando de normalizar la vida de Lozano,realizando acciones aparentemente sencillas como esquivar transeúntes sin caerse, abrocharse los botones de la camisa o recordar el camino de vuelta a casa buscando los bancos públicos donde sentarse para hacer las pausas necesarias y entrar en casa sano y salvo.

-Ha sido un paseo interesante Lozano, hemos mejorado mucho al subir y bajar escalones, mañana reforzaremos la forma correcta de levantase del banco ¿vale?-

Claudia siempre hacía un resumen con las mejoras del día y los puntos a mejorar para recalcar esos pequeños avances que terminaban convirtiéndose en un gran paso, con el trascurrir de los días.

-Claudia, ven, siéntate aquí a mi lado un rato. Ya sabes que mis hijos son lo que ahora manejan la empresa. Mónika tiene su oficina en el centro del Belmonte, desde donde controla las mercancías, entradas y exportaciones de los productos. La fábrica en sí la trasladamos hace dos décadas a Toledo porque los terrenos donde se levantaron las naves eran más económicos y se encontraba más cerca de la capital, desde dónde las empresas de logística reparten el producto a todo el país.

Hace un años abrieron mercado en China y está siendo todo un éxito. La oficina de Mónika se queda pequeña y ha buscado una alternativa más amplia a las afueras de Belmonte. He pensado y hablado con ella que podrías ir a ver el local, quizá de guste y puedas comenzar allí tu sueño-ofrecía Lozano.

-¿ Me lo está diciendo en serio? preguntaba Claudia con los ojos cómo platos y sin saber que decir, - Pues, claro que si, pero no sé si podemos pagar el alquiler, es un lugar muy céntrico y seguro que Mónika necesita esos ingresos para su nueva oficina…

-No te preocupes por eso,ya llegaremos a un buen acuerdo,prefiero que lo uses tú antes que se alquile para otro menester. Si te parece bien ,como yo hoy estoy cansado te daré las llaves para que lo visites y lo pienses con tu familia tranquilamente. Ya sabes donde está-

Claudia salió de casa de Lozano ,aquel jueves caluroso de junio, con la respiración entrecortada,el pulso acelerado y una energía capaz de alumbrar a todo Belmonte. Necesitaba correr, bailar,gritar cualquier cosa que le hiciera descargar toda aquella adrenalina que recorría su cuerpo. ¿ Será verdad que por fin iban a abrir las puertas?, pensaba para si misma sin llegar a creérselo. Esperaría a la cena para contar sus buenas noticias y abrir aquella carta del ayuntamiento que tenía pendiente desde hace dos días.

Con la llegada del buen tiempo grandes grupos de ciclistas, profesionales o amateurs, que venían de las zonas frías de Europa,plagaban las carreteras del este del país, abarrotando las calzadas con innumerables grupos que no respetaban las normas de circulación. Era peligroso para ellos y también para los conductores que sin darse cuenta podían verse implicados en algún accidente de gran magnitud o duplicar el tiempo de sus trayectos por los atascos que formaban.

El sol y el acceso fácil a la playa y montaña en un mismo paraje eran el conjunto perfecto para las vacaciones de este tipo de turistas. Los complejos turísticos y hoteleros crecían cada vez mas para aprovechar el filón turístico de la zona ,y aunque esto generaba gran cantidad de empleos en Belmonte,la vivienda accesible para la gente local estaba dejando de existir creando malas condiciones de vida en la zona. Claudia temía que una vez iniciaran su actividad Sindy volviera a vivir a Belmonte en aquel cuchitril con humedades a precio de oro.

Que cosas, casi un año con muchas ganas de comenzar su andadura en Entremanos y ahora que lo veía tan cerca temía perder todo aquello que le había venido sin querer, y que tanto le llenaba.

Dentro del atasco en el que estaban envueltas tratando de llegar a casa, Claudia miró a Sindy trayendo a la mente los grandes momentos que habían pasado juntas, disfrutando del momento y agradeciendo que estuviera ahí. Se llevaría una gran sorpresa esta noche. Se había convertido en aquella amiga que tanto buscó y nunca encontró. El destino existe, lo que es para ti llegará a tu vida, pensaba siempre,porque la búsqueda inconsciente atrae aquello que piensas, aquello que crees, y si de verdad lo crees lo puedes crear.

-¿Por que me miras así?- la porteña intuía algo y no sabía que era. Aunque Claudia creía que pronto dejarían de convivir, y no vería con tanta frecuencia a Cloe, estaba muy equivocada.

- Querida familia!-decía en voz alta tintineando el tenedor contra el vaso para que sonara a modo de campana.

-Escuchad! uno de mis pacientes nos ha ofrecido uno de los mejores locales de Belmonte, en pleno centro y cerca del autobús. Aunque estoy segura que no será barato creo que puede ser una gran oportunidad que no debemos dejar pasar. Tengo las llaves, sacudiéndolas en alto, y en cuanto despejemos el salón y terminemos los envíos pendientes ,nos pondremos manos a la obra para ponerlo a punto.- decía sonriendo.

Hizo una pausa para ver la reacción de los demás. Aplaudían y golpeaban la mesa con la algarabía de una fiesta. Cada uno con deseo todos estaban formando parte de ese sueño. Se abrazaron y trataron de poner en común cómo podrían gestionar el alquiler, pero los ingresos del e-comerce eran un gran empujón, y pretendían continuar con esa actividad, dentro de Entremanos, como Taller de manualidades, creando así una forma de auto abastecimiento.

Claudia dio por sentado que ese sería su lugar sin llevar a la familia a visitarlo porque alguna vez había ido a recoger informes médicos o recetas con Lozano. Cómo era su hija Mónika quien gestionaba esos menesteres dentro del recorrido de su paseo matinal pasaban a visitarla,almorzaban alguna vez con ella y recogían las cosas pendientes.

19.MONIKA WEBER

Las oficinas centrales Proll se encontraban en la avenida principal de Belmonte, a escasos metros de la salida a la carretera y muy cerca de la parada de la linea uno de autobús, la mas antigua de la ciudad que recorría algunas calles del centro y conectaba con las líneas de los extrarradios. Sería accesible para los usuarios que vinieran en trasporte público. El parking disuasorio donde Claudia y Sindy solían aparcar también quedaba a escasos quinientos metros, por lo que era fácil para ellas descargar el material o ayudar a las personas que por movilidad reducida estacionasen en el descampado. Disponía de cierre automatizado con rejas negras que una vez echadas impedían ver en interior que les evitaría robos y desperfectos, por o que el seguro que debían contratar no tendría un precio muy alto. Tenía dos grandes máquinas de aire acondicionado, un sistema de detección de humos y los extintores a punto.

En el interior los doscientos metros cuadrados de disponían en dos salas separadas .En una de ellas con las paredes forradas de hiedra sintética a modo de jardín vertical, aun con restos de ordenadores y cosas de oficina, podrían poner una gran mesa con muebles auxiliares alrededor para realizar el taller de manualidades, cocina y lecto-escritura. La arte final de la primera sala albergaba dos sofás grandes de piel marrón que ejercerían funciones de sala de estar en la que tratar los temas legales y donde poner acomodar un pequeño escritorio a modo de oficina para gestionar el e-comerce, las entradas y salidas, los pedidos de material y cualquier otra cosa que necesitara registro. Detrás de los sofás los baños adaptados estaban bien disimulados con paneles pintados con pintura de pizarra donde podrían exponer su cronograma para que los abuelos tuvieran claro el horario de cada actividad.

En la sala de la izquierda, ya vacía, y con friso de madera de pino recubriendo las paredes de donde colgaban percheros visualizaba seis o siete caballetes para el taller de arte , tres o cuadro máquinas de coser para las amantes de las telas y un bloque de taquillas , que podrían adquirir de segunda mano, para guardar los objetos personales cuando salieran a realizar el taller de Caminata saludable, con el que pensaban abrir todas las mañanas. Al fondo de la sala de los caballetes colocarían una pared de espejos para darle amplitud al lugar y realizar ejercicios funcionales.

Con la estructura y buenos acondicionamientos del lugar solo necesitaban unos cuantos muebles para los que tenían ingresos suficientes. El único impedimento que parecía existir era la zona de paso entre la sala principal y la de arte porque no tenía la anchura suficiente para que una silla de ruedas pasase con comodidad y eso era un requisito indispensable tratando con personas mayores, muchas de ellas con dificultades de movimiento.

Gus era bastante habilidoso con cualquier herramienta. Aunque ahora se dedicaba a Recursos Humanos, nunca tuvo problema en aprender cosas nuevas y cuando en épocas anteriores la hostelería no pasaba por su mejor momento aprendió junto con un amigo parte del oficio de albañil, por lo que no tendría muchos problemas en agrandar ese espacio y colocar una puerta adecuada.

Era el lugar perfecto,no tardarían mucho en ponerse en marcha y mientras tanto trasladaran allí las cajas de reparto que decoraban el salón y se apilaban en la cocina para despejar la casa y hacer, porqué no, un poco de limpieza general. Todos los cambios incluyen despojarse de cosas viejas, limpiar el alma y ordenar la mente para poder seguir caminando. Esos casi nueve meses con la tienda online trabajando a toda máquina les había generado un colchón para pagar el alquiler los primeros meses. El agua parecía encontrar el cauce del río después de la tormenta.

Las fiestas patronales estaban a la vuelta de la esquina. Con la adquisición del local estaban todos algo más tranquilos y decidieron tomar un descanso de dos o tres días para recuperar las fuerzas y disfrutar de la festividad local, que pese a que ellos no eran religiosos, vivían cómo algo grande porque Cotes les había acogido con las manos abiertas, se sentían parte del pueblo y participaban en todos los eventos sociales que los lugareños organizaban.

Cada fin de semana se celebraran diferentes actos ,religiosos o paganos, con el fin de hermanar a sus habitantes y ofrecer un repertorio turístico que nada tenía que envidiar a cualquier ciudad. Desfiles de moros y cristianos que evocaban épocas pasadas eran famosos en la zona por los elaborados disfraces que portaban, siendo el comercio de telas bordadas uno de los mayores productos con los que generaba economía circular.

Conciertos solidarios, pequeños mercados de artesanía y manjares típicos de la tierra como el vino o el queso completaban el cartel de eventos que semana tras semana llenaba las calles de Cotes de turistas que venían de todas partes.

El pueblo se engalanaba con cada acontecimiento. Junto con la Virgen de los Remedios el ayuntamiento organizaba un concurso de decoración de calles. Los vecinos de cada calzada preparaban adornos coloridos, muchos de ellos con materiales reciclados, que colgaban de lado a lado de los balcones, generando sombra que aliviaba el calor estival y decoraba el pueblo para deleite de los transeúntes. Al final de las fiestas la calle más votada por los vecinos era galardonada con un membrete que se exponía en la entrada de la misma durante todo el año.

El casco antiguo se adornaba con guirnaldas de bombillas que haciendo zigzag de tejado en tejado parecían unir las estrechas callejuelas donde se agrupaban las diferentes peñas. El olor a carne ahumada, migas de pastor o paellas impregnaba la atmósfera dando un aire festivo e invitando a cada paseante a adentrarse en las entrañas de aquel pintoresco pueblo.

Actualmente la iglesia principal ,con sus dos grandes torretas y una fachada monumental de estilo renacentista, se situaba en la plaza, punto álgido de todas las festividades. Pero el antiguo convento,hospicio de monjas y posterior colegio franciscano que se podía ver desde el salón de Claudia, ahora convertido en el dormitorio de Sindy y Cloe,era el segundo punto de peregrinaje del pueblo, por lo que podían ver todas las procesiones y romerías desde el balcón de casa, sin tumultos y disfrutando de la música de banda, que con su chirimita, trompeta y bombo animaban las comitivas.

Gus quería aprovechar estos días de vacaciones para ir al local y acometer la pequeña obra que necesitaban. Sólo le pidió a Claudia que solicitase el permiso de obra ella misma, porque la paciencia no era una de sus mejores cualidades, y lidiar con la administración y lenta burocracia le llevaba a un estado de desesperación absoluto.

Con la licencia de obra y el pequeño contenedor de escombros en la puerta se dispuso a desfogar energía aporreando el muro que unía las dos salas, para derribar la puerta y agrandar el espacio. Los cascotes volaban por todos lados y la madera rota crujía cómo si la tierra se estuviera partiendo en dos. Los escombros caían al suelo levantando una nube de polvo que irritaba los ojos y hasta le dejaba si respiración. El golpear del martillo sobre la pared baja más cercana al suelo hizo resquebrajar las baldosas, que aunque bien conservadas eran de barro cocido y lacado, fuertes pero antiguas a la vez. Viendo las grietas que aparecían el las baldosas contiguas decidió levantarlas a mano, para evitar cortarse y renovar en lo posible el suelo del nueva entrada.

Trozo a trozo, y de rodillas en el suelo, fue levantando los pedazos de cerámica apilándolos en un capazo que luego descargaría en el contenedor. Una vez levantado el suelo y retirados los escombros se le ocurrió la idea de poder excavar unos treinta centímetros la profundidad del suelo, para cubrirlo de grava de diferente colores y taparlo con losetas de cristal trasparente que darían visibilidad a ese cuadro de piedras. Le daría un aspecto moderno y haría las veces de zona cero, conmemorando el lugar donde colocaron la primera piedra de su nueva vida.

- Seguro que a Claudia le encanta la idea- pensaba Gus al tener aquella ocurrencia.

-Voy a retirar parte de la tierra y piedras para medir exactamente el hueco y que ella pueda comenzar a diseñar la obra- se propuso como meta antes de finalizar el día.

Salio a la calle en busca de una ferretería donde comprar un pico con el poder escarbar el suelo. Aunque parecía arena arcillosa con pocas piedras incrustadas necesitaría algo más fuerte de sus manos con las que poder trabajar. Una vez fuera y con un calor de mil,demonios decidió hacer una pausa para beber algo fresco y comer algo.

Claudia le había explicado dónde estaba el bar de Willy y decidió ir a presentarse y saludar al simpático loro del que hablaba Claudia.

-Buenos días-dijo entrando hasta el final de la barra.

-Soy Gus, el marido de Claudia, la fisio y supongo que ese chinchilla en Willy, ¿verdad?

-Que tal! soy Tony, dándole la mano amablemente y mirando al loro para confirmar su deducción.-¿ Puedo ponerte algo?- preguntó directo.

-Un refresco bien frio y un bocadillo de la casa, por favor-sugirió Gus

Intercambiaron unas cuantas palabras mientras Gus devoraba aquel suculento entrepan con pollo braseado, mostaza picante y pan de cristal.

-Encantado de conocerte, seguro que volveré con Claudia- se despedía dejando sobre la barra un billete de diez euros y apresurado por terminar el trabajo que había venido a hacer.

Tony sonrió al escucharle. Echaba de menos a Claudia. Hacía meses que no la veía a y aunque nunca se hicieron grandes amigos el hecho de ver caras conocidas le hacía sentir que su trabajo valía la pena, que daba refugio a alguien que lo necesitaba y se sentía parte de algo, de un barrio, de un conjunto vecinal. Tanto intercambio de turistas y gente diferente cada día le desarraigaba aún más de un lugar en el que ni siquiera había nacido. Tony necesitaba amigos, compañía y valor para ser feliz. La presencia de una persona marca la diferencia en otra.

Pasado de largo el medio día ya había excavado una superficie, de forma rectangular,algo más ancha que larga, de aproximadamente seis metros cuadrados. Solo necesitaba esquinar en rincón derecho para que es espacio quedara listo para rellenarlo con laguna obra de arte y enlosetarlo con baldosas de cristal.

Parecía que en aquella esquina final la arena estaba más suelta, era de diferente color y no había piedras. -Seguro que termino en un periquete, se decía Gus a sí mismo porque el cansancio empezaba a hacer mella en el. En el siguiente golpear sintió que el pico chocaba con algo duro y a la vez hueco.

-Que raro, no debería haber nada ahí abajo-pensaba mientras recobraba el aliento.

Ya tenía casi escarbados los treinta centímetros que necesitaba, pero no pudo controlar la curiosidad de saber qué había allí enterrado, y decidió profundizar. Parecía ser una antigua caja de algún metal duro,muy duro, porque aunque estaba oxidada por el paso del tiempo no se había abollado tras los múltiples golpes que Gus le había dado. Quizá alguien enterró aquella caja allí por algún motivo y por eso la tierra parecía distinta,conjeturaba sin encontrar respuestas.

Era un cofre de hierro que parecía bastante antiguo, Gus que estudió turismo e historia en Buenos Aires, conocía que las primeras cajas antirrobo fueron diseñadas en este metal para obtener cierta seguridad ante los hurtos, pero no protegían frente al fuego y otros elementos cómo el el agua o el polvo. Por eso la superficie y la rudimentaria combinación mecánica de la puerta estaba oxidada y estaba seguro que con una pequeña podría abrirla.

-¿Habría sido mejor no desenterrarla?-comenzó a preguntarse.

-¿Y si el contenido es peligroso?, si aparecen mis huellas en la caja ¡podrían acusarme de algo?...

Las preguntas inundaban los pensamientos de Gus y se quedó paralizado. Moverla no parecía una buena opción y llevarla a casa para decidir que hacer con ella tampoco. No sabía lo que contenía y podría poner en peligro a los demás.

-Claudia, tenemos un problema. Necesito que vengas al local- esputó sin dar muchas explicaciones.

-Ok, voy en seguida ¿ Ha pasado algo? ¿ estás bien?-

-Si no te preocupes, yo estoy bien, pero necesito tu ayuda con un pequeño trámite- mintió piadosamente Gus para que Claudia condujera tranquila camino a Belmonte.

Y allí sentados en el suelo con un par de refrescos y llenos de polvo trataron de dilucidad qué debían hacer con la caja.

-A ver Gus. Lozano nunca me habló de ninguna caja aunque es cierto que hablamos poco del pasado.... Por otro lado tenemos el permiso de obra en regla y el contrato de alquiler, así que yo creo que con comunicárselo al dueño sería suficiente, no crees?

-¿ Y te vas a quedar sin saber qué contiene la caja? Alguien se ha tomado muchas molestias en esconder lo que hay dentro-protestaba Gus.

-Quizá no sea suya y no sabe lo que hay, o podría ser peligroso el contenido...

-Claudia!, este edificio se construyó en los años setenta y las oficinas Proll siempre han estado aquí. He buscado información en internet y la sede electrónica del registro de la propiedad dice que siempre fue suyo, no hubo otro dueño anterior. El local es de su propiedad, no creo que haya estado en renta antes. Tampoco creo que sea peligroso. Su propia hija ha pasado más horas aquí que en su propia casa, no creo que nadie en su sano juicio ponga a su familia en peligro, así que está claro que la caja es suya-reflexionaba Gus buscando la aprobación de Claudia para abrir la caja.

¿ Qué secretos escondía aquel hombre integro,que pasados los setenta y cinco se dejaba abrazar por el calor de sus hijos y enfrentaba las dificultades con tesón? Claudia no sabía muy bien cómo y por qué alguien guarda secretos que luego reconcomen el alma, pero todo indicaba que era su caja.

-Vamos a hacer una cosa Gus. Dejarlo en el local no es buena idea. Estamos en obras y las cámaras de seguridad todavía no se han instalado. Podrían robarlo. Vamos a ponernos unos guantes y a llevarla a casa. Mañana hablaré con él y se la devolveremos. Son sus secretos, mejor que decida él si quiere compartirlos o no. Tenemos que respetarlo.

-Y como piensas llevarte la caja, pesa mucho y el coche no está tan cerca- poniendo inconvenientes a la decisión de Claudia y mostrando su disconformidad.

-Seguro que el chico de la ferretería nos presta una carretilla- dame un minuto, dijo cerrando la puerta y sin esperar respuesta.

Leo y Juan pasaron todo el fin de semana intentando descifrar y datar aquellos variopintos objetos que se desparramaron por el suelo cuando al intentar subir la caja a la carretilla se les resbaló de las manos y cuya puerta se abrió por el impacto contra el suelo. El óxido había debilitado la tosca cerradura y sin querer, pero queriendo, aparecieron ante sus ojos un sin fin de pequeños collares, apliques decorativos de bronce,anillos ,monedas y hasta un pequeño vaso de cerámica decorado con el rostro del empesador Justiniano, en un estado de conservación aparentemente bueno. Aquello parecía una película de aventuras donde una vez encontrado en tesoro sucumbía una maldición sobre sus protagonistas y Claudia no estaba por la labor de que se le complicara la vida aún más.

Además de todos los objetos que parecían formar parte de un ajuar bizantino o romano de oriente , había una pequeña funda de cuero de buena calidad con corches dorados, que aunque roída por el polvo parecía mucho más moderna que los anteriores abalorios.

-¿Qué haría allí aquella carpeta?-resonaba su mente.

En ese momento se acordó de los zuecos que le había regalo el Señor Lozano hace unos meses y que tanto usaba. Tenían los mismos corchetes y el mismo tipo de costura en zigzag, que reforzaba la sutura. No cabía duda que aquella caja la escondió él.

La razón le decía a Claudia que lo más sensato sería llamar a la policía y explicar los hechos con ocurrieron para evitarse problemas, pero el corazón le gritaba que recogiera todo aquello y con calma revisase los documentos que se encontraban en aquel portafolios, quizá contenían algún documento que comprometiese a Lozano y aquel hombre desgastado por la vida no se merecía terminar sus días enfrascado en tumultos legales.

Los hijos de Claudia eran la parte diferente de esa sociedad en la que todos los adolescentes seguían modas,se vestían de negro y no comulgaban con ninguna

idea política,donde carecer de ética y valores se había vuelto la norma. Su alta capacidad intelectual les llevó desde muy pequeños a cuestionarse hipótesis y teorías que hasta para un adulto eran difíciles de explicar. Aprendieron a leer solos, a realizar cálculos matemáticos complejos mentalmente y devoraban libros de astronomía,programación informática y bioquímica molecular mucho antes de entrar en la universidad. Inadaptados en un sistema educativo arcaico tuvieron pocos amigos, comprendiendo años más tarde que aquello que los diferenciaba los hacía únicos y por ello muy valiosos. Disfrutaban del análisis y estudio de cualquier cosa, así que casi se mueren de éxtasis cuando vieron entrar en casa a Gus y Claudia con aquella reliquia. Aunque tenían claro que Claudia entregaría semejante tesoro a las autoridades disponían de un par de días para buscar información y teorizar de cómo y por qué había llegado hasta allí aquella caja.

Buscaron información sobre la expansión de Hispania en la península ibérica, fechando aquellos objetos entre lo siglos VI y VII, donde en imperio bizantino avanzó hacia el norte, pudiendo ser Belmonte un asentamiento de gran crecimiento del imperio romano de oriente. La pintura de Justiniano en la tinaja y los sólidos bizantinos de oro que acuñaban en en anverso la cara del emperador y en el reverso la cruz cristiana no

dejaban duda que aquello formaba parte de las reliquias del pasado.

-Chicos, por favor, no limpiéis los objetos tan concienzudamente con los pinceles. Cuando los devolvamos se van a dar cuenta que los hemos manipulado y nos harán demasiadas preguntas- decía

Claudia tratando de inventar una versión creíble para que la policía no los pudiera imputar de ningún delito.

A Claudia le inquietaba la carpeta. Sabía que era de Lozano y si la abrirla parecería que le estuviera robando sus recuerdos, inmiscuyéndose en un secreto que por alguna razón él no había querido compartir con ella. Tampoco podía ignorarlo, porque cuando saliera en la prensa el hallazgo del compendio histórico reconocería el lugar y pensaría que se la habría robado. Tenía la opción de devolvérsela sin mirar en su interior, pero la curiosidad pudo con ella y sucumbió al deseo, como cualquier mortal. Una vez abierta no había marcha atrás. Se escabulló sola hacia el dormitorio para cometer el delito en soledad, aunque sabía muy bien que luego compartiría su pena, furia, o frustración con el resto de la familia.

Dentro había nos escritos antiguos. El papel se había amarilleado, la tinta con la que estaban escritos estaba descolorida y por el tipo de documento parecían ser una partida de nacimiento y algún anexo que no comprendía. Se distinguía el nombre de Mónika Weber Hoffman, una fecha de nacimiento 9 de Marzo de 1978 y lo que se asemejaba a un sello familiar con la bandera alemana de fondo y el águila federal incrustada. El certificado llevaba mucho años allí debajo, posiblemente desde que se construyera el edificio ,pero nada se sabía con certeza .

¿ Y si Mónika era una niña adoptada? ,eso daría explicación a su pelo rubio dorado y altura imponente. ¿ Y si fue un vientre de alquiler clandestino?, ¿Sería hija de otra madre y lo desconocía?;sólo Lozano podía dar una explicación a todo eso.

El inicio del verano se preveía con mucho trabajo, pero el hecho de que Cloe no tuviera colegio y Leo y Juan cuidaran de ella les daba un poco más tiempo. Habían avanzado mucho con la planificación de los talleres se tomaban el capricho, de vez en cuando, de tomarse un granizado a la salida del trabajo. Hoy sería un día de esos porque Tendrían que hablar sobre las explicaciones de Lozano y decidir qué hacer con todos aquellos objetos. Eran ya las ocho en punto y las dos chicas se montaron en el coche, subiendo al máximo el aire acondicionado dirección de Freepalety, la heladería de moda en Cotes.

-Bueno Claudia, desembucha, ya puedes contarme con pelos y señales qué ha ocurrido en esa familia ¿ por que te lo ha contado, ¿No?, preguntaba Sindy.

-Si, claro que sí, asentía Claudia.

-Pero me sentido francamente mal, cómo si le hubiera obligado a desenterrar un pasado doloroso que pudo sobrellevar con tierra encima, y he venido yo a tambalear sus miedos,no se, quizá no debí mirarlo, pero me dio las gracias por devolvérselos.

Lozano Pérez Rollo, nació en 1949,en plena posguerra donde el hambre y la escasez eran lo común en todas las familias. Su familia sobrevivía con pequeños arreglos de ropa que cosía su madre para las vecinas y los jornales que su padre ganaba en el campo. Nunca tuvieron tierras, ni negocios ni posibilidad de prosperar. Lozano no veía un futuro en aquel país, que aunque le vio nacer,se dividía entre dos bandos y solo creaba riqueza para ciertas familias con apellidos determinados, donde no se encontraban los Pérez Rollo.

Cumplidos los dieciochos años acompañó a miles de españoles al éxodo hacía Alemania, donde contratados por el gobierno podrían generar algunos ahorros, a cambio de reconstruir ese otro país devastado por las bombas de la guerra, y que poco a poco emergía como potencia fuerte,creando industrias para las que necesitaban mucha mano de obra,joven y fuerte que habían perdido en el frente.

Pasó doce años en Duselldorf,trabajando en una fábrica textil donde aprendió a limpiar, pulir, secar ,teñir y trabajar el cuero. Tenía claro que aquello era temporal, no tenía en mente formar una familia por el momento. Quería juntar unos ahorros y volver a España para darle una mejor vida a sus padre y a sus futuros hijos.

Durante esos años conoció a Manuela, que la fue su esposa hasta el día de su muerte, como era antaño. Manuela comenzó su andadura alemana siendo personal de servicio de una de las familias más poderosas en aquella década, la saga Weber Hoffman, y tras el embarazo de su hija menor con un soldado, y encubrimiento ante el patriarca manuela fue puesta de patitas en la calle. Como era bastante resuelta sólo pasó una noche deambulando por las calles y otra más en un pequeño hostal donde pudo comer algo y darse una ducha. A la mañana siguiente fue a pedir trabajo a la fábrica donde trabaja Lozano y esa misma tarde comenzó a trabajar. El señor Pérez ya llevaba unos años en su puesto y se conocía los entresijos del lugar y el carácter de cada capataz, lo que le ayudó mucho a Manuela a integrase . Se enamoraron rápidamente y casi en un abrir y cerrar de ojos compartían habitación en un barracón, especialmente construidos para este tipo de trabajadores, que no se afincaban y sólo necesitaban una cama y algo caliente que comer.

El pequeño azulo que compartían con dos parejas más se les quedó pequeño cuando Andadle Weber Hoffman, propietario de la empresa de carbón más próspera de Alemania, le exigió a Manuela que recogiera a Mónika. Esa pequeña redondita,de ojos azules y sonrisa complaciente, fue desgarrada de su madre al nacer. Por ser un hija ilegítima y para guardar su reputación familiar,decidieron obligar a Manuela a criar a Mónika con la obligación de devolverla a sus raíces veinte años más tarde,pudiendo ser camuflada como sobrina lejana. Manuela no puso objeción porque el poder de aquella familia podría haberla matado o incluso podrían haber vendido a la criatura, así que recogió el pequeño arrullo con olor a leche materna.

Ya habían pasado diez años desde la llegada de Lozano a Alemania y la niña no podía ser criada en aquellas condiciones de hacinamiento en las que vivían. Quizá algo antes de lo que pensaban, pero con una hucha abundante, volvieron a Belmonte, desde una día partió, creando desde cero Calzados Proll, ofreciendo un porvenir a sus padres, mujer e hija. Cuando compró el solar, donde luego más tarde construyó las oficinas y pisos turísticos con los que se enriqueció, enterró aquellos documentos, junto con otros trastos que se encontró en las tierras del terreno. Le daría una vida digna a su hija, lejos de aquellos desalmados que sólo miraron por su renombre y prestigio pero no la devolvería en el tiempo pactado.

Eso sería entregar un alma pura al diablo, y eso no estaba dispuesto a cumplirlo.

En aquella época ,con un monto de dinero considerable se sobornaba a algún empleado del registro civil para darle vida legal a aquella criatura y una vez echo el trámite y enterrados los documentos, llevarían una vida tranquila y sin penurias, como siempre había soñado. Sus hermanos completaron la familia dos y tres años después y nunca más volvió a salir el tema a la luz. Lozano enterró los documentos para proteger a su hija.

- Yo también lo habría hecho, sentenció Claudia.

-¿ Y por qué no le dijo nunca nada a sus hijos?¿ Quizá tenían derecho a saber algo más de su pasado, no crees?, preguntaba Sindy,sorbiendo el granizado de melón y coco .

-¿Derecho?, bueno quizá los hijos sí, pero Adler no se merecía conocerla y su madre mucho menos por no haber tenido el valor de enfrentarse a su padre. Supongo que tendría miedo de que Mónika quisiera conocer su pasado, un pretérito atroz que sólo le habría hecho daño y nada más. Sindy, Mónika es de nuestra edad, y Lozano podría ser mi padre. Somos hijos de quienes hicieron lo mejor posible con lo que tenían., crecimos entre silencios que ocultaban lo que nunca se habló y emociones que se contenían hasta volverse invisibles, y pese a que eso no está bien, quienes somos nosotras para juzgar un ayer, porque cada generación carga con el peso de su propia herida. Nuestros padres también fueron hijos de un tiempo en el que los límites eran rígidos o inexistentes y donde el amor se demostraba con sacrificios y no con palabras. Esfuerzo que ha llevado consigo Lozano para guardar un secreto que posiblemente recuerde día tras día, luchando contra su propia mente para dejarlo allí, en lo más profundo de su subconsciente. No es ético que nosotras lo rompamos. Quiere quemar la carpeta para cerrar un ciclo antes de transitar hacia la muerte. Quiere preparar unas pequeñas palabras para ello y mañana le ayudaré de deshacerse de aquellos papeles, para que el amor deje de doler.

-¿ Y con el resto de cosas qué vamos a hacer Claudia?

Lozano no tenía ni idea de que aquellos objetos pudieran ser reliquias del pasado, pero intuyendo que por una causa u otra le expropiaran el terreno que tanto le había costado conseguir,decidió literalmente echar tierra encima y continuar con sus proyectos como lo tenía planeado. En aquel momento en el que le democracia todavía tenía mucho de nombre y poco de verdad la solución salomónica de Lozano no estuvo mal. -Hoy en día las leyes protegen, y mucho, el patrimonio histórico cultural y están bien establecidos los derechos y deberes de quien los haya. Así que debemos informar a la policía, y aunque se retrase un poco la apertura de Entremanos, habremos contribuido con nuestro granito de arena al conocimiento de la historia de nuestro país. Posiblemente, y con autorización de Lozano, levanten el resto del suelo para ver si hay más restos, aunque luego nos compensarán con ello y seguro que salimos en toda la prensa, cosa que nos dará un gran visibilidad- decía Claudia buscándole el punto positivo a toda aquella situación.

-Bueno, no me parece mala idea. Diremos que los objetos se encontraban en la misma tierra, y llevaremos la caja de hiero a una fundición, seguro que nos dan algo por ella y la haremos desaparecer- cerraba Sindy la idea.

Terminaron sus granizados de fruta natural y con las ideas claras volvieron a casa a poner a Gus y los chicos al día sobre las nuevas decisiones. En algunas ocasiones el fin si justifica los medios, pensaba Claudia, devolviendo a su pasado, ayudándolo a despojarse de su culpa y cumpliendo como buenos ciudadanos .

20.SRA. BERMÚDEZ

Alguien llamó a la puerta a primera hora de un domingo otoñal, donde el viento soplaba y todos dormían.

-¿ Quien es?, preguntó Gus extrañado porque no esperaban ninguna recogida de abalorios que seguían vendiendo a través de la página web.

-Buenos días señor, tenemos un piano para entregar en esta dirección, ¿ nos deja subir?-suplicaban los transportistas con aquel pesado instrumento bajo la lluvia fina que calaba su ropa.

-¿ De verdad se le ha ocurrido a la loca de Claudia

comprar el piano antes de tener listo el local? - gruñía Gus hablándole a la nada.

-A este paso vamos a dormir en el ascensor!-vociferó con toda intención de que Claudia le escuchara y se levantase a acomodar en algún lado el precioso pero grande instrumento musical.

Gus llevaba varias semanas con los nervios a flor de piel. La casa parecía haber menguado con la cantidad de cosas que fueron almacenando, y que luego formarían parte de Entremanos. Montones de paquetes pendientes de envió se apilaban por las esquinas, cajas con materiales de pintura y telas que habían ido comprando en rastrillos y saldos a muy buen precio,cajas con documentación, botes de pintura verde-agua elegida para decorar las paredes del local, que junto con los rodillos,apliques cuelga-bolsos y hasta un microondas hacían de la casa un lugar inhabitable. Cualquier visita que no supiera de su proyecto pensaría que en aquella casa vivía alguien con Síndrome de Diógenes,acumulando chismes y cachibaches sin ningún fin.

-Vuelve a la cama Gus,yo me encargo. Mañana llamaré al ayuntamiento a verificar cómo van los trabajos de reparación, a ver si pudieran decirme alguna fecha en concreto-argumentaba Claudia para darle una explicación a un trasto más.

Claudia trató de ser tolerante y dar una respuesta para calmar los ánimos aunque ella era la primera que sentía claustrofobia dentro de su casa.

Habían pasado más de tres meses desde el hallazgo de la caja. Tras decidir en cónclave que hacer fueron a la policía para informar y cómo esperaban les tomaron declaración y precintaron el local a la espera de ser informados. Cuarenta y ocho horas después les dijeron que un grupo especializado de Patrimonio Histórico se encargaría de levantar todo el suelo del local por si hubiera más piezas de aquellos restos de incalculable valor.

Les prometieron que los trabajos de búsqueda y reparación del suelo no tardarían mucho pero allí estaban viviendo entre tumultos de cajas. La administración se encargaría del coste del nuevo suelo pudiendo elegir el tipo de cerámica que más les gustara. Además les darían una recompensa económica por la espera, con la que podrían adquirir los servicios por horas de un abogado, un trabajador social y un enfermero,servicios esenciales para los ancianos,junto con un par de andadores y sillas de ruedas que les ayudarían con el taller de paseo saludable, y así poner hacer una inclusión completa si acudía al centro alguna persona con dificultad de movimiento.

La única idea que se le pasó a Claudia por la cabeza, cuando vio el piano de cola, fue desmontar la mesa del salón que era de Ikea y podrían volver a montarla sin problemas. Trató de empujar el sofá aún más contra a ventana y ganarle un metro al espacio para poner de lado de mesa y comenzar su mecano. A modo de mesa pusieron el piano y con una manta gruesa y un par de manteles de tela protegieron el lacado negro que relucía. La comida basura que decidieron pedir para cenar y la poca conversación de los comensales le dijo a Claudia que era momento de dar el último paso,antes de que la emoción contenida de un sueño se convirtiera en hoja marchita. Las flores de su jardín necesitaban agua,luz y sol para florecer, y eso iba a hacer.

-Buenos días- dijo Claudia dirigiendo el saludo fuerte y conciso al guarda del ayuntamiento que de mala gana se sostenía de pie.

Sólo hacía seis meses que Claudia había conseguido el sello rojo,el membrete que daba a los negocios autorización para operar. En ese tiempo se había curtido en imprevistos,pisaba segura sobre si misma y estaba completamente convencida de que conseguiría lo que quería. Lejos estaban las dudas sobre su valía, y estaba orgullosa de sí misma y de su familia. Habían sido capaces de superar todos las trabas que se encontraron en el camino y se habían amoldado a cambios que antes parecían imposibles. Con cabeza alta y paso firme atravesó de nuevo aquel pasillo con suelo de mármol rosa, cogió su turno y meditó las posibles respuestas ante los probables inconvenientes que seguro le exponían,para que no quedara nada al azar. El diez de noviembre era su cumpleaños y quería celebrarlo allí,con su gente y con un buen catering que prepararía su amiga Harry.

-Buenos días señorita, ¿ En que puedo ayudarle? preguntó a desgana el asistente de gafas con cara de pocos amigos.

-Buenos días, soy Señora, casada, gracias- comenzó su discurso cortante para hacer sentir su fortaleza a aquel hombre que tenía alma de caracol.

-Si piensa tan despacio como se mueve seguro que gano la batalla- se decía Claudia para sí misma dándose ánimos antes de comenzar a rebatir sus excusas.

- Hace tres meses que el consistorio nos precintó nuestro local para hacer unas obras de recogida de muestras. Comprenderá que es un local en alquiler y necesitamos abrir las puertas para comenzar a trabajar.¿Sabría decirme la fecha en la que podemos acceder?,preguntó de forma clara y concisa para evitar elucubraciones.

-La verdad señorita no lo sé, aquí en el expediente no veo nada. Supongo que pronto, ya le llamarán-susurraba el asistente como si la pereza le aplastara.

-Me llamo Claudia, no señorita, y no voy a moverme de esta silla hasta que no vea que usted toma interés por mi problema y me ayude a buscar soluciones. Una menor y su madre están en acogida en mi casa por su culpa, y sabrá usted que todos los gastos derivados de ese hecho tendrá que abonarlos el consistorio, junto con los daños y perjuicios que expondrá mi abogada en la demanda si no busca una solución, sentenció Claudia desfogando su ira.

El asistente desganado con olor a cebolla podrida se levantó y se fue al despacho acristalado y con puerta que había detrás de él. Allí dentro hablaba con otra persona que con chaqueta y café en la mano parecía tener mayor rango que él. Gesticulaba tratando de decirle algo al asistente que parecía no comprender. Comenzó a sudar cual caracol con su baba aunque eso no le ayudó a auto-desplazarse de nuevo a la mesa para darle a Claudia una solución y tras casi media hora de espera salió la mujer de tacones y americana a resolver la situación. En ese tiempo Claudia fue previsora y llamó a Mónika, que además de gestionar Calzados Proll, era abogada de profesión. Aunque no ejercía su aspecto afable,su tono conciliador, el buen gusto vistiendo y ser propietaria de gran empresa nacional con muchos inmuebles a sus espaldas que pagaban religiosamente sus impuestos locales,darían un empujoncito al problema.

-Gracias por venir tan rápido Mónika, no sé muy bien cual es el problema, pero necesitamos abrir las puertas- decía Claudia desfallecida soltando parte de la frustración contenida con una amiga.

Claudia recobró la compostura cuando vio acercarse a la mesa a la teniente alcalde, en ese momento Macarena Bermúdez Sánchez,del partido de izquierdas Belmonte Libre. Se presentó y dejó que Mónika tomase la iniciativa en aquella batalla dialéctica.

-Como le comentaba Señora Bermúdez, mi representada lleva tiempo suficiente esperando a que se resuelva su proceso. Comprendan que es un local comercial que precisa comenzar a facturar para abonar el alquiler que precisamente me paga a mi.

A día de hoy entre la indemnización correspondiente y los gastos derivados de un acogimiento forzoso el ayuntamiento va a tener que abonar a mi cliente una suma considerable de euros. También es bueno para ustedes que resuelvan este expediente. Es posible que si yo, Mónika Proll, no recibo el abono de ese alquiler, tampoco pueda abonar en primera instancia las tasas municipales del próximo trimestre, y ya sabe que disponemos de un gran número de pisos turísticos y locales- dijo la abogada.

Mónika hizo una pausa con su inmutable sonrisa esperando la respuesta de la alcaldesa. Si era un poco lisa, que lo era,habría pillado al vuelo la amenaza indirecta que le acaba de hacer. Cuatro palabras bien dichas y citar una par de artículos legales, junto la influencia de una empresaria distinguida de la zona fueron suficientes para conseguir una fecha;el 1 de

Noviembre se comprometían a terminar las obras y entregar las llaves.

-Anda Claudia vamos a desayunar con mi padre y lo celebramos, que seguro se alegra de verte- Mónika se agarró del brazo de Claudia cómo dos amigas que compartían confidencias,temores, alegrías y batallas ganadas. Hacía más de un año que se conocían y casi semanalmente y a través de Lozano compartían confidencias, siendo partícipes también de ese sueño que tanto esfuerzo les estaba costando. Se alegraba tanto como ella y necesitaba compartirlo con el patriarca, que casi un año después del Rictus,caminaba ocho kilómetros diarios,compraba y cocinaba como antes y se daba el lujo de vez en cuando de brindar con un cerveza sin alcohol. lo único que no había vuelto a hacer era conducir, sus hijos preferían llevarlo o que cogiera un taxi si era preciso.

Lozano sólo echaba de menos una cosa, caminar por la fábrica viendo el proceso de manufactura y ensamblaje de cada zapato, charlar con los empleados y disfrutar de ver como sus tres hijos habían llevado su labor adelante, comiendo codo con codo en la misma mesa donde él estuvo treinta y cinca años. Hacía muchos meses que eso no ocurría porque sus hijos comenzaban temprano su jornada y no podían esperar a que terminara la sesión de fisioterapia ,cerca de las once. Ese sería un buen regalo para Mónika, ver a su padre sonreír entre suelas y cueros, así que por sorpresa Claudia llevó al día siguiente a su mejor paciente a pasar el día a zapatos Proll. La felicidad en estado puro se reflejaba en los ojos de aquel anciano. Claudia esperaba ayudar a muchos más cuando Entremanos estuviera a pleno rendimiento, y para eso faltaba muy muy poco, o eso esperaba.

21.CLAUDIA

Había llegado a Belmonte con bastante antelación. Tal día como hoy hace cuarenta años su madre daba a luz a una inesperada niña, la menor de tres hermanos,que tuvo que luchar contra la estructura social de hacer lo que convenía como hija y cómo hermana, esperando ser suficiente para pasar con nota de aprobado lo que se esperaba de ella y hacer, al mismo tiempo,todo aquello que le hiciera feliz. Malabarismos entre ser y parecer que en más de una ocasión le llevaron a tomar malas decisiones aunque también tuvo la capacidad de enmendar los errores y volver a empezar cuantas veces fuera necesario. Tardó muchos unos años que asumir la muerte de su madre,Celia,que visitó el otro mundo sin cumplir sesenta años,arrollada por un un cáncer de mama y un vida incompleta por su carácter inconformista y feminista de una mujer adelantada a su tiempo. El vacío de Celia llenó de fuerzas a Claudia para reconducir su vida,para completar su existencia con el amor de sus hijos y posteriormente con el Gus. Echaba mucho de menos a su madre, sus charlas de mujer a mujer, sus secretos,su complicidad. La vida las separo rápido pero Claudia había aprendido muchas cosas de ella;que el tiempo es fugaz, que los hijos son un tesoro volátil de los que hay que disfrutar siempre que se pueda y que el inculcar un perfeccionismo irreal, inexistente en los seres humanos, lleva a las personas a tener poca autoestima, a necesitar una constante aprobación de los demás y en definitiva a no valorarse a sí misma.

Además había perdido el miedo a morir, porque allí, en el más allá, o en más acá, en el lugar donde se fuera el alma desprendida del cuerpo, le esperaba su madre. Hoy en su cuarenta cumpleaños y a pocas horas de la inauguración de Entremanos, quería pasar un rato a solas, esperando que su madre la viera y compartieran ese momento juntas. Hace años Claudia habría querido que su madre estuviera orgullosa de ella, cosa difícil, hoy, en su madurez y alejada de patrón tóxico de perfeccionismo ,ella misma valoraba su trabajo,no precisaba de aprobación alguna, aunque sí le hubiera gustado compartirlo con ella.

Con la excusa de preparar un pequeño discurso para el evento y la idea de gestionar los preparativos pendientes Claudia se fue más temprano, esperando al resto de la familia pasado el medio día.

El ágape de inauguración no se preveía hasta las seis de la tarde, pero quería estar presente en cada uno de los pasos de la preparación. El catering que Harry había preparado llegaría sobre las tres y la empresa de alquiler de sillas llegaría a media mañana. Tanta repercusión mediática tuvo el hallazgo arqueológico que Entremanos estaba en la prensa y televisión local antes de su apertura. La labor social que se ofrecía daba una bocanada de aire fresco a la gente mayor de Belmonte y alrededores, porque en el club social municipal sólo se jugaba a las cartas, se bebía vino o se hacía baile los viernes por la tarde, que pese a entretener cierta parte del tiempo semanal no cubría todas las necesidades humanas. Divulgar las actividades de cultura,arte,ejercicio saludable ,manualidades y cocina, junto con el asesoramiento gratuito de un abogado y un trabajador social, que tenían preparadas, aceleró la inscripción online de socios y Claudia prefirió ser precavida teniendo asientos de sobra para todos.

Contrataron a seis camareros que servirían los aperitivos mientras los asistentes disfrutaran de las actividades.

Estaba nerviosa,le costó abrir la cerradura porque le sudaban las manos. Aunque a diez de noviembre la temperatura era más bien baja y refrescaba de noche, era un día soleado y no ayudaba a que la sudoración de Claudia cesase. Sabía que eran los nervios del momento, las ganas de compartir su sueño con los suyos, y con todos aquellos que se habían sumado a su vida por el camino. Un largo año y medio lleno de aventuras y resbalones, tropiezos y aciertos que habían concluido en un hogar para muchas personas y que abría sus puertas hoy, aquí y ahora. Echó de nuevo el cierre por dentro con la intención de pasar un rato a solas,de sentarse consigo misma y un café, a disfrutar del camino y a derramar unas cuantas lágrimas de alegría que tenía almacenadas a la espera de darles permiso para salir. Esos nervios contenidos,ese fuego interior y exterior eran conocidos por Claudia y se había llevado ropa para cambiarse y un poco de maquillaje antes de que llegaran los invitados. Miró a su alrededor,el suelo de mármol gris perla pulido instalado por el consistorio era precioso, y le daba un equilibrio manso al lugar. El verde agua de las paredes y los detalles en madera pulida de daban al lugar aire moderno y funcional. Así lo había soñada, así lo había creado.

El zaguán que recibiría a los asistentes disponía de un piano sobre suelo acristalado que dejaban ver uno de los primeros cuadros de Claudia, y un pequeño diván amarillo mostaza que serviría de espera y calzador, donado por un entusiasta de los obras sociales. La fragancia a madre selva del ambientador elegido por Sindy aportaba sensación a naturaleza y las rosas blancas que habían elegido para decorar los jarrones de la mesa central de talleres ponían ese punto ceremonioso del momento.

Gus,Sindy,Cloe y los chicos llegaron sobre las tres y media ayudando a montar las sillas en forma semicircular, dentro y fuera de local, donde un pequeño escritorio serviría para dejar los panfletos informativos y dar más detalles a los viandantes curiosos, invitándolos a pasar si lo deseaban.

Claudia hizo sonar su copa con los suaves golpes de una cuchara. Los asistentes hicieron silencio dando paso al comienzo del acto con unas palabras.

-Queridos amigos,comenzaba Claudia. Y digo amigos porque todos los presentes de una manera u otra habéis contribuido a que hoy abramos nuestras,vuestras puertas. Os agradezco de corazón la ayuda prestada y espero,de aquí en adelante,sintáis este lugar como vuestro. Todo aquel que está presente en los malos momentos, cuando las cosas se tuercen o aparecen nubarrones tiene el derecho de disfrutar del sol,de las cosas buenas que trae el esfuerzo y la alegría de compartirlo. Gracias de corazón y espero que disfrutéis de la fiesta-decía Claudia emocionada.

Un aplauso cerraba su discurso dando paso a una tarde especial, de clima cálido y cielo azul que auguraba un buen camino.

Cerca de las seis y media su jardín estaba en plena primavera,el esplendor de flores y colores llenaba los sentidos. Joseline tocaba un alegro al piano dejando absortos a los presentes,pequeños grupos de vecinos y socios que se habían acercado a celebrar la apertura ,realizaban sus primeros pinitos en la pintura y otros conversaban y agradecían la iniciativa. y sus hijos ocuparon los sofás disfrutando de unos zumos de frutas y las cocas caseras del cocktail.

Carmen explicaba orgullosa a otras amigas con las que había venido cual había sido su contribución y vendía cual vendedor ambulante sus bufandas tejidas a mano,con cariño. Ana se presentó con uno de sus looks mejor escogidos,con un traje largo de punto canalé color blanco y turbante rosa decorando y abrigando su cabeza. Leo y Juan explicaban a los interesados cómo y cuando se llevaban a cabo los talleres y cómo podían participar. Cloe jugaba con unos y otros,de mano en ano, dejándose regalar el oído por los cumplidos que le hacían los abuelos. Sería su segunda casa y parecía que estaba como pez en el agua. Jagger y Leia, a la puerta del local,saludaban a los invitados esperando una caricia de vuelta.

Gus y Claudia observaron, cogidos de la mano por un rato la escena,mirándose para cerciorarse de que aquel comienzo valía la pena.

-Señora Bermúdez, buenas tardes, que bueno que viniste! ¿ no sabíamos que iba a venir por acá? gracias por su compañía, ¿Le apetece entrar?-preguntaba Sindy sorprendida por la visita.

La misma alcaldesa tenía curiosidad por saber cómo dos locas apasionadas por un mundo mejor,entusiastas con la idea de unir generaciones y trabajar en lo que uno ama, se habían abierto un lugar en Belmonte,de la nada.

-Buenas tardes Señora Bermúdez-dijo Claudia recibiendo a su nueva invitada y uniéndose a la conversación, ¿qué le trae por aquí?

-Aunque no nos ha dado tiempo a preparar una visita oficial quería entregaros esta planta para desearos buena suerte y daros las gracias por la aportación a la comunidad vecinal- se explicaba la teniente alcalde sin dejar que esa sonrisa emerger que parecía estar emergiendo de su boca para mantener su formalidad de regidora civil.

-Buena onda nos traés vos también!, ¿querés un tentempié? Tenemos lemonpie, chocotorta y hasta empanadas-aclaraba Sindy que ya llevaba un par de copas de champagne que tenía escondidas en la recámara, recogiendo el ficus lyata con maceta de madera que les había traído cómo obsequio.

La visita de la alcaldesa las dejó un poco frías. Sindy y Claudia no estaban seguras si aquello era un encuentro de cortesía o escondía gato encerrado y buscaba alguna excusa con las que amonestarlas y volver a cerrar sus sueños. Se miraron encogiendo los hombros en señal de indiferencia. Había pasado por tantos baches en aquel trayecto que se habían vuelto fuertes por el camino,sintiéndose capaces de sobrellevar cualquier nueva eventualidad,que seguro aparecía. El trabajo bien organizado se reflejaba en el buen trascurrir de los talleres y actividades. Todas las mañanas el centro abría sus puertas con la actividad "Camina conmigo".Los abuelos se enfundaban la gorra y zapatillas deportivas y bastón en mano realizaban caminatas compartiendo sus vidas. Los que no podían andar y querían acompañarlos eran empujados en sus sillas de ruedas por los demás compañeros,un trabajo en equipo, para el que todos estaban dispuestos, y al que meses después se unió una patrulla de protección civil que les aportaban agua y otros cuidados médicos que pudieran necesitar, sobre todo en los días más soleados. Claudia nunca habría pensado que la concejalía de turismo financiaría ese servicio, pero dada la gran afluencia de turistas no tuvieron reparos en prestar el servicio.

A cambio el ayuntamiento solicitó usar las actividades de Entremanos cómo reclamo turístico, cosa que fue muy bien recibida por Claudia y Sindy, al fin y al cabo era publicidad gratuita.

Antes del mediodía se impartían clases de lectura para unos y club de lectores para otros. Los primeros recibían de la mano de Sindy lecciones de lectura básica y trucos rápidos que les ayudaban con las gestiones del día a día. Aunque muchos abuelos o sabían leer ni escribir, porque en la posguerra no todo el mundo tuvo oportunidades, todos tenían teléfonos móviles con los que fotografiar aquello no comprendían y ponerlo en común al día siguiente , consultando con el abogado de la asociación si era necesario. Así también hacían valer sus derechos y se sentían más seguros.

La digitalización se había introducido tan extremadamente rápido en la sociedad que los abuelos no podían seguir el ritmo,sintiéndose fuera de ella, cuando en realidad la gente mayor aporta experiencia,valor al tiempo y son el reflejo de quien todavía no ha pasado por allí.

-Qué extraña esta sociedad que busca sin cesar la infinita longevidad y no presta atención a las necesidades de la nueva cuarta edad-pensaba siempre Sindy cuando impartía su clase.

Los jueves, además, los escolares de Belmonte, organizados en grupos,acudían al centro a realizar ese intercambio generacional que tanto les agradaba, viendo cómo alrededor de un mismo tema niños y viejos hablaban de cómo se hacía antes y cómo se hace ahora,en busca de puntos en común. La cara de sorpresa de los niños cuando descubrían que el pan no sale de la panadería, sólo se vende allí,o la mueca de asco que ponían cuando Lozano explicaba de dónde salía el cuero y cómo curtían el tejido a base de paladas y sal,eran expresiones dignas de fotografiar.

Los más aventajados en letras se unían al club de lectura, donde intercambiaban impresiones sobre los libros que leían compartiendo entre todos la pasión por la lectura. Los martes por la mañana iban todos juntos a la biblioteca municipal,cual excursión escolar, disfrutando también del paseo de ida y vuelta y el tentempié que tomaban en el bar de Tony,saludando a Willy y animándole el día con los chismes y chistes que sin vergüenza, la vejez te deja.

El taller de manualidades era el más exitoso y con el cual seguían auto-financiandose. Carmen se había apoderado del liderazgo y organizaba los grupo de yayas en función de las confecciones que iban a realizar. Al fondo de la mesa las que hacían ganchillo,preparaban preciosos monederos llaveros y muñecos Urugamis que eran el último grito de la moda. En la zona central de la mesa se preparaban objetos de cerámica como vasos,porta-velas o tejas decorativas que luego Ana cocía en un horno,comprado por la asociación, a setecientos grados para luego lacarlos con su especial gusto por los colores. Tazas de desayuno el blanco brillante iba mutando su color a rosa fucsia con el que cubría en fondo y el asa. Una pieza de artesanía de las que duraban roda la vida. Claudia encargó al taller media docena de vasos, en verde limón para decorar su cocina.

Pasaban la mañana entretenidas, alejadas de las vidas de sus hijos que como sanguijuelas seguían absorbiendo aquello que ya no les pertenecía.

El taller de cocina era el último de la mañana. Lo disponían en ese horario para que aquellos abuelos que no tuvieran familia pudieran compartir ese rato juntos. La soledad no deseada era un lacra difícil de rasgar, pero de aquella manera conseguían que nadie comiera sólo. Como cualquier organización votaban un menú semanal dejándose aconsejar por nutricionistas que los visitaban al conoce su iniciativa, dejando a cambio folletos publicitarios sobre los servicios que ofrecían. Una vez al mes Joan Josep Comers, el farmacéutico del barrio, les preveía de lo básico para que los abuelos estuvieran atendidos lo mejor posible, como pañales, insulina,suero fisiológico,un botiquín con gasas y yodo para pequeños cortes.

El taller de arte y pintura cerraba las tardes. Joseline amenizaba el final del día con sus propias composiciones o recreaba a Mozart, Vivaldi o Subart como si tal cosa. Las notas salían de sus dedos creando un engranaje perfecto. La música inspiraba a los asistentes que cubrían sus lienzos con arte abstracto, suaves paisajes otoñales o telas de múltiples colores con las que crear texturas y volúmenes. Las obras terminadas se enmarcaban, se regalaban y las más agraciadas, también por votación, formarían arte de la primera exposición de arte cultural amateur, cuyos fondos irían destinados a la compra de libros con alfabeto braille, ya que Estrella promovió Entremanos entre sus contactos haciendo que varios invidentes se hicieran socios.

Cuando terminaba el taller Sindy y Claudia terminaban el empaquetado de los envíos de los pedidos de la web, para ser recogidos por el cartero al día siguiente,satisfechas por un trabajo que progresaba y que daba una nueva vida a muchos ancianos que vivían en soledad. Por aquel entonces Sindy ya había vuelto a Belmonte a vivir, cerca del colegio de Cloe y de Entremanos,facilitándose los trayectos diarios. Cloe y Claudia se veían a diario así que ambas no se echaban de menos aunque Gus y los chicos siempre rogaban para que fueran el domingo a comer, como ocurría con frecuencia. Poco a poco se hicieron familia,esa a la que tu eliges, que sin ser tu sangre lo son todo.

-Ehh, Claudia, tenemos una carta del centro de investigación arqueológica de la universidad de Alicante ,vení ¿ las abrimos?

-Voy, estoy terminando el de hacer café,gritaba Claudia desde la sala de pintura. Espero que sean buenas noticias, aunque no estoy segura la verdad.

De buena mañana una misiva relacionada con los restos arqueológicos podría arruinar los ánimos para todo el día, pero decidieron abrirla y ver lo que era. El texto en sí no decía nada en concreto,sólo dejaba marcada una cita con asistencia obligatoria en cuatro días para la revisión de documentación pendiente, decía la carta. Parecía un mero acto burocrático pero la falta de información de un tema que creían olvidado las dejó intranquilas. Tras anotar la fecha,la sumieron en la montaña de papeles que tenían por ordenar, y que en agraciadas ocasiones Gus les archivaba diligentemente. En cuatro días sabrían algo más, para qué preocuparte ahora,pensaron diligentemente.

-El café se enfría, el resto puede esperar.

FIN

NOTAS DE AUTOR

El objetivo de este libro es la auto-financiación de acciones solidarias en distintas asociaciones españolas de enfermedades raras o de baja prevalencia.

Las problemática social real de la población anciana se narra a través de personajes ficticios e inventados y cualquier semejanza con la realizad es mero fruto de la casualidad.

Gracias por leerme.

Gracias por ayudarme.

Te espero en mi próximo libro.